Theodor Fontane

Hundert Gedichte

Theodor Fontane

Hundert Gedichte

Herausgegeben von
Gotthard Erler

Aufbau-Verlag

ISBN 3-351-02948-9

1. Auflage 2002

Einbandgestaltung Henkel/Lemme
Typographie Peter Birmele
Druck und Binden Clausen & Bosse, Leck
Printed in Germany

www.aufbau-verlag.de

Inhalt

Anhang

Berliner Republikaner

Der Apfel fällt nicht weit vom Stamme.

Berliner Jungen scharten sich
Vor ein'ger Zeit allabendlich
Nicht weit vom Kupfergraben,
Und schrieen gottserbärmiglich:
»Wir brauchen keenen Kenig nich,
Wir wollen keenen haben!«

Da endlich packt ein Fußgensdarm
Nicht eben allzu zart am Arm
Den allergrößten Jungen,
Und spricht: »He, Bursch, juckt dir das Fell?
Du Tausendsapperments-Rebell,
Was hast du da gesungen?«

Doch der Berliner comme-il-faut
Erwidert: »Hab Er sich nicht so,
Und laß Er sich begraben.
Wozu denn gleich so ängstiglich?
Wir brauchen keenen Kenig nich,
Weil – wir schon eenen haben.«

Geduld

Und Fluch vor allem der Geduld.
Faust

Ich muß mit meinem Volke hadern,
Im Arme Kraft, im Herzen Mut,
Und doch in den gesunden Adern,
Da pulst kein Tropfen rasches Blut.
Du gleichst dem unverständ'gen Knechte,
Dem einen Schatz der Herr geliehn,
Daß Zins er über Zinsen brächte, –
Und doch, wie du, vergrub er ihn.

Man kennt dich schon; und auf der Nase
Spielt man dir ohne große Scheu,
Man weiß es schon, er bleibt ein Hase,
Und wär er stärker noch der Leu; –
So zeig einmal die scharfen Zähne,
Und schlage mit dem mächt'gen Schweif,
Und schüttle endlich deine Mähne,
Denn glaub es mir, die Zeit ist reif.

Tret einer hin und straf mich Lügen; –
Hier waschen Russen uns den Kopf,
Dort übt sich Holland im Betrügen,
Und dreht uns ruhig einen Zopf.
Doch fünf ist immer bei uns grade,
Und ungehindert, hier und dort,
Zieht man die Haut uns ohne Gnade
Flugs über beide Ohren fort.

Ihr sprecht: »Wir haben keinen Willen,
Verwandtschaft ist an allem schuld,
Wir denken unser Teil im stillen,
Und fassen all uns in Geduld.«

Sprecht lieber: »Fluch den zahmen Tauben,
Die Fürstenhuld in Schlummer lullt,
Fluch unsrem ganzen Ammenglauben,
Und Fluch vor allem der Geduld.«

Der Kranich

Rauh ging der Wind, der Regen troff,
Schon war ich naß und kalt;
Ich macht auf einem Bauerhof
Im Schutz des Zaunes Halt.

Mit abgestutzten Flügeln schritt
Ein Kranich drin umher,
Nur seine Sehnsucht trug ihn mit
Den Brüdern übers Meer;

Mit seinen Brüdern, deren Zug
Jetzt hoch in Lüften stockt,
Und deren Schrei auch ihn zum Flug
In fernen Süden lockt.

Und sieh, er hat sich aufgerafft,
Es gilt erneutes Glück;
Umsonst, der Schwinge fehlt die Kraft
Und ach, er sinkt zurück.

Und Huhn und Hahn und Hühnchen auch
Umgackern ihn voll Freud; –
Das ist so alter Hühner-Brauch
Bei eines Kranichs Leid.

Preussisches Volkslied
(Bei Tafel zu singen)

Ja, man ist uns vieles schuldig,
Ja, wir könnten freier sein,
Doch geduldig nur, geduldig,
Auch die Freiheit stellt sich ein.
Und solange tapfer essen
Dürfen wir und schlürfen Wein,
Ei, da kann man schon vergessen,
Daß wir sollten freier sein.

Ja, man hat uns viel versprochen,
Hat uns stark den Hof gemacht,
Hat die Schwüre dann gebrochen
Und uns weidlich ausgelacht.
Doch, ihr Brüder, tapfer essen
Dürfen wir und schlürfen Wein,
Drum gegessen und vergessen,
Daß wir sollten freier sein.

Wo man geht und steht: »Bezahle!«
Heißt es wie nicht recht gescheit;
Wahrlich unsre Generale
Plündern uns in Friedenszeit.
Doch, ihr Brüder, tapfer essen
Dürfen wir und schlürfen Wein,
Drum gegessen und vergessen,
Daß wir sollten freier sein.

Ja, entsetzlich ist die Zeitung,
Wirkt wie bestes Opium,
So politisch ist die Leitung,
Daß wir stets politisch dumm.

Doch, ihr Brüder, tapfer essen
Dürfen wir und schlürfen Wein,
Drum gegessen und vergessen,
Daß wir sollten freier sein.

Ja, wir möchten laut versichern:
Das ist gut, und das ist schlecht,
Und nicht so verstohlen kichern,
Wenn ihr rechten Unsinn sprecht.
Doch, ihr Brüder, tapfer essen
Dürfen wir und schlürfen Wein,
Drum gegessen und vergessen,
Daß wir sollten freier sein.

Ja, man ist uns vieles schuldig,
Ja, wir könnten freier sein,
Doch geduldig, nur geduldig,
Auch die Freiheit stellt sich ein.
Und solange tapfer essen
Dürfen wir und schlürfen Wein,
Ei, da kann man schon vergessen,
Daß wir sollten freier sein.

Berlin 1850

> Pfingsten ist das Fest der Freude,
> Das da feiern Wald und Heide.
> *Uhland*

Pfingsten war's! nach langen Jahren
Kehrt ich heim zur Vaterstadt,
Hatte Sehnsucht nach den Laren
Und die Fremde herzlich satt.
Tanzte schon im Kolosseum,
Rutschte schon im Tivoli,
Schlürfte Kaffee im Odeum
Und Bouillon bei Stehely.

Fröhlich kam ich hergeschlendert
Durch das Anhaltiner Tor, –
Gott, wie kam mir so verändert
Alles in den Straßen vor.
Todesstille aller Orten;
Nur ein Polizistenpaar
Forschte nach, ob hier und dorten
Noch ein Laden offen war.

Vor dem elterlichen Hause
Stand ich endlich im Portal,
Schellte dann mit mancher Pause
Wohl ein halbes Dutzend Mal.
»Das ist ja zum Geierholen!
Aufgemacht! Potzsapperment,
Steh hier draußen wie auf Kohlen,
Aufgemacht! Mordelement.«

Endlich kroch des Hauses Stütze,
Ein erkrankter Greis, hervor,
Eine weiße Zipfelmütze
Zog er über Stirn und Ohr.

»Welch ein Fluchen! wie beschädigt,
Wie verdorben bist du – Kind,
Bete, bete, – geh zur Predigt,
Wo die Hausbewohner sind.«

Schier verwundert ging ich weiter,
Und es war mir just im Sinn
Nicht so lustig, und so heiter,
Wie ich das gewöhnlich bin.
Langeweile, Durst und Ärger
Trieben mich ins Türk'sche Zelt,
Wo ich schnell Johannisberger,
Vierunddreiß'ger, mir bestellt.

Aber ach, den toten Wänden
Sprach ich mein Verlangen aus,
Denn von dienstbeflißnen Händen
Fand ich keine dort zu Haus.
Endlich ließ im schwarzen Fracke
Sich ein Kellner vor mir sehn,
Eine furchtbar dicke Backe
Ließ ihn nicht zur Kirche gehn.

Und ich fordre heftig wieder
Meinen Vierunddreiß'ger mir;
Sieh, da sinkt der Kellner nieder
Und ohnmächtig wird er schier.
»Gott im Himmel«, ruft er kläglich –
»Geh nicht mit ihm ins Gericht,
Trinken will er – feiertäglich!
Ach, er weiß nicht, was er spricht.«

Lächelnd meint ich: »Nun, mit Biere
Will ich auch zufrieden sein,
Aber brocke mir Lektüre
In den Gerstensaft hinein.«

Er verklärte sich; die Bibel
Bracht er freudestrahlend mir,
Ein Gesangbuch, eine Fibel,
Aber – Wasser nur statt Bier.

Doch das schien mir zu vergnüglich,
Und ein nicht verdientes Glück,
Ich begab mich unverzüglich
In die fromme Stadt zurück.
Dorten wurde höchst moralisch
Ganz urplötzlich mir zu Sinn,
Oder war's nur theatralisch,
Kurz, ich ging zur Kirche hin.

Wunderbar! – Zur Andacht riefen
Priesterwort und Orgelton,
Aber die Berliner schliefen
Allesamt und schnarchten schon.
Mir zur Seite sprach im Traume
Eine Köchin äußerst fromm:
»Wilhelm, komm! im Jrienen Baume
Ist Musik und Tanz; – oh, komm.«

Die Faust in der Tasche

Sieh, es geht der Krug zu Wasser
Nur so lange, bis er bricht,
Und sogar gesalbte Prasser
Prassen binnen kurzem nicht;
In mir glüht der Himmelsfunken,
All mein Sein ist liberal,
Und dem Prunken der Halunken
Mach ein End ich bald einmal.

Doch die Wände haben Ohren,
Und kaum weiß ich, wer du bist,
Und ich wäre schier verloren,
Hörte mich ein Polizist.

Von des großen Schillers Werken
Lieb ich nur den »Wilhelm Tell«,
Und ich trinke – mich zu stärken –
Oft aus diesem Freiheitsquell.
Als die Schillerwestenfeier
Neulich man begangen hat,
Klang begeisternd meine Leier
In dem Leipz'ger Tageblatt.

Doch die Wände haben Ohren,
Und kaum weiß ich, wer du bist,
Und ich wäre schier verloren,
Hörte mich ein Polizist.

Einen invaliden Polen
Lad ich täglich zu mir ein,
Und zwei Doppelterzerolen

Müssen stets geladen sein;
Ja, in meinem Hause wohnen
Zwei von der Studentenschaft,
Die sich – wie man sagt – *Kanonen*
Größter Sorte angeschafft.

Doch die Wände haben Ohren,
Und kaum weiß ich, wer du bist,
Und ich wäre schier verloren,
Hörte mich ein Polizist.

Frühlingslieder

I

Der Frühling hat des Winters Kette
Gelöst nach altem, guten Brauch;
Oh, daß er doch zerbrochen hätte
Die Ketten unsrer Freiheit auch.

Er nahm das weiße Totenlinnen,
Das die gestorbne Erde trug,
Und sieht die Fürsten weiter spinnen
An unsrer Freiheit Leichentuch.

Wird nie der Lenz der Freiheit kommen?
Und werden immer Schnee und Eis,
Und nimmer Ketten uns genommen?
Es seufzt mein Herz: Wer weiß, wer weiß?!

II

Der Frühling kam, der Weltbefreier,
Die Erde lebt und grünt und blüht,
Am Himmel keine Wolkenschleier,
Und ohne Wolken das Gemüt.

Die Vögel und die Menschen singen,
Und wie die Lerche himmelwärts,
Will sich empor zur Gottheit schwingen
Im Dankgebet das Menschenherz.

Oh, Herz! es brach die Frühlingssonne
Des Winters Ketten wohl entzwei,
Wohl ziemt der Erde Dank und Wonne; –
Doch bist auch du von Ketten frei?

III

Mein Herz getrost, und laß das Klagen,
Und stelle deinen Kummer ein,
Und laß vor allem vom Verzagen
Nicht länger mehr die Rede sein.

Nicht ewig herrschen kann auf Erden
Die Willkür und die Tyrannei,
Nein, anders, besser wird es werden;
Und wir auch, Herz, wir werden frei.

Es gilt nur um sich her zu schauen,
Zu sehn, wie rings es gärt und kocht,
Wie jedes Herz in deutschen Gauen
Begeistert für die Freiheit pocht.

Vorbei ist's mit dem Liebesgirren,
Man hört ein kräftig freies Wort,
Und hört auch wohl die Schwerter klirren,
Geht's nur so rüstig weiter fort.

Und einmal nur das Schwert genommen,
Das gute Schwert in unsre Hand,
Da muß der Lenz der Freiheit kommen
Und segnen unser Vaterland.

Junker Dampf

Aus einem edlen Stamme
  Sproß er, der Junker Dampf:
Das Wasser und die Flamme,
  Sie zeugten ihn im Kampf;
Doch hin und her getragen,
  Ein Spielball jedem Wind,
Schien aus der Art geschlagen
  Das Elementenkind.

Ja, frei an Füß' und Händen
  Ist er ein lockrer Fant,
Doch hinter Kerkerwänden,
  Da wird er ein Gigant:
In tausend Trümmerreste
  Zerschlägt er jede Haft,
Mit ihrer Dicht' und Feste
  Wächst seine Riesenkraft.

Selbst da, wo seiner Zelle
  Ein schmales Pförtlein blieb,
Ringt er nach Luft und Helle,
  Mit solchem Sturmestrieb,
Daß, wenn ihn beim Entwischen
  Des Tores Enge hemmt,
Den Kerker, unter Zischen,
  Er auf die Schulter klemmt;

Und so, trotz eh'rner Fessel
  An Füßen noch und Hand,
Reißt er den Kerkerkessel
  Im Fluge mit durchs Land,

Reißt ganze Häuserreihen
  Mit fort, wie Wirbelwind,
Bis wieder er im Freien
  Nichts als – ein spielend Kind.

Als Grenadier

Es krankt, seit des Gefreiten Schere
Mir meine Locken fortgeputzt,
Mein Flügelpferd an einer Schwere,
Als wär es mit mir zugestutzt.

Je steifer nach dem abgehackten
Kalbfell den Fuß ich setzen muß,
Je steifer wird nach solchen Takten
Auch allemal mein Pegasus.

Jetzt hat man Rock und Helm, den blanken,
Mit all und jedem schon gemein;
Und ging's, man nähte die Gedanken
Auch gern in Uniformen ein.

Die Fischerhütte

Steht auf sand'gem Dünenrücken
Eine Fischerhütt am Strand,
Abendrot und Netze schmücken
Wunderlich die Außenwand.

Drinnen sitzt der Alte, langen
Sonnverbrannten Angesichts,
Denkt vielleicht an Heringsfangen,
Doch wahrscheinlicher an – nichts!

Mutter dreht das Spinner-Rädchen,
Und der Mond ins Zimmer scheint,
Und das bleiche Fischermädchen
Denkt des letzten Sturms und – weint.

Und es klagen ihre Tränen:
»Weit der Himmel, tief die See,
Doch noch weiter geht mein Sehnen,
Und noch tiefer ist mein Weh.«

Das Fischermädchen

Steht auf sand'gem Dünenrücken
Eine Fischerhütt am Strand;
Abendrot und Netze schmücken
Wunderlich die Giebelwand.

Drinnen spinnt und schnurrt das Rädchen,
Blaß der Mond ins Fenster scheint,
Still am Herd das Fischermädchen
Denkt des letzten Sturms und – weint.

Und es klagen ihre Tränen:
»Weit der Himmel, tief die See,
Doch noch weiter geht mein Sehnen,
Und noch tiefer ist mein Weh.«

Rangstreitigkeiten

In einem Lumpenkasten
War große Rebellion:
Die feinen Lumpen haßten
Die groben lange schon.

Die Fehde tät beginnen
Ein Lümpchen von Batist,
Weil ihm ein Stück Sacklinnen
Zu nah gekommen ist.

Sacklinnen aber freilich
War eben Sackleinwand,
Und hatte grob und eilig
Die Antwort bei der Hand:

»Von Ladies oder Schlumpen –
's tut nichts zur Sache hier,
Du zählst jetzt zu den Lumpen
Und bist nicht mehr wie wir.«

An Emilie
1845

Statt eines Briefes

Du siehst, es bleibt mit mir beim alten
Trotz mancher bittern Neckerei;
Versprechen – und Versprochnes halten –
Ist mir noch immer zweierlei.

Und daß dir alle Zweifel schwinden
An meinem Unverändertsein,
Stell ich mich mit Entschuld'gungsgründen
Ob meines Schweigens bei dir ein.

Ich habe sechsmal Platz genommen,
Sechsmal die Feder zugestutzt,
Doch was mir in den Sinn gekommen,
War immer dumm und abgenutzt.

Von deutsch-katholischen Vereinen,
Draus mancher Stoff in Masse fischt,
Sag selber – wär es nicht zum Weinen,
Hätt ich dir davon aufgetischt!

Schon höhnt ich mich und all solch Wissen,
Als mir ein Kraftgedanke kam
Und ich die »Sehnsucht, dich zu küssen«,
Zum Stoffe meines Briefes nahm.

Kaum aber hatt ich angefangen,
Packt ich schon lächelnd wieder ein; –
Ein Kuß – dies *mündlichste* Verlangen –
Muß mündlich vorgetragen sein.

Nicht wahr?!

Im Garten

Die hohen Himbeerwände
Trennten dich und mich,
Doch im Laubwerk unsre Hände
Fanden von selber sich.

Die Hecke konnt es nicht wehren,
Wie hoch sie immer stund:
Ich reichte dir die Beeren
Und du reichtest mir deinen Mund.

Ach, schrittest du durch den Garten
Noch einmal in raschem Gang,
Wie gerne wollt ich warten,
Warten stundenlang.

In Verlegenheit
(An E…)

Wie's scheint, so wechseln meine Rollen
Dir gegenüber mit der Zeit;
Auftrat ich mit: Verhimmelnwollen,
Dann übt ich flüchtig mich im Schmollen,
Jetzt spiel ich die *Verlegenheit.*

Wenn ich an deiner Seite sitze,
Wo bleibt die Zungenfertigkeit?
Wo bleiben meine schlechten Witze? –
Ich rede von der Zimmerhitze –
Ist's möglich! aus Verlegenheit.

Du stickst – vielleicht ein Paar Pantoffel
Für dein zukünftig Regiment;
Ein Witz liegt nah, – und doch, ich Stoffel,
Erzähl dir, daß man die Kartoffel
Jetzt frei von allem Fusel brennt.

Verlegenheit! ach, bis zum Weinen
Hat heut sie wieder mich gequält,
Als ich, mit meinen langen Beinen
Hintrabend auf den Pflastersteinen
Hier – diese Schätze ausgewählt.

Ein Weihnachtsmann mit vollen Händen,
So hätt ich gerne dir beschert; –
Ja, wenn die Sachen anders ständen!
Kaum angefangen, mußt ich enden,
Denn ach, der Beutel war geleert.

Halt ein, o Lied, das sind Verstöße
Ja gegen Takt und Schicklichkeit,
Halt ein und gebe meiner Blöße
Nicht eine lächerliche Größe
Durch Worte – der Verlegenheit.

Romantiker
(An E...)

Im kahlen Wald, im kahlen Wald,
Drin keines Vogels Lied erschallt
Und nur die Winde wehn,
Da gingen flüsternd ihrer zwei
– Als ob Johannisnacht es sei –,
Um in den Mond zu sehn.

»Der Mond ist hell, der Mond ist hell«;
So sprach der Knab und küßte schnell
Des Mägdleins weiche Hand;
Sie sprach: »Der Mond, der Mond ist klar«;
Sie sprach's und hat ihm – wunderbar,
Das Händchen nicht entwandt.

Der Mond ist hell, der Mond ist klar,
So hieß es fort, ob's Auge zwar
In Auge nur gesehn;
Und als sie schieden aus dem Wald,
Versprachen sie, sie wollten bald
Im Mondschein wieder gehn.

Die Somnambule
(24te Oktober)

Schön Mila saß auf weichem Pfühl,
Ein Bursch an ihrer Seit;
»Ich bin seit kurzem somnambül«; –
So sprach die junge Maid.

»Und mit geschloßnen Augen seh
Dein Tun ich so genau,
Als ich mit offnen Augen je
All, was du treibst, – erschau.«

Der Bursche band der schönen Dirn
Ein Knüpftuch um das Aug,
Und küßte schnell dann ihre Stirn,
Und wohl den Nacken auch.

Und tiefe Röt im Angesicht
Sprang Mila auf vom Pfühl; –
Der Bursche zweifelt fürder nicht,
Die Maid sei *somnambül*.

Der Wettersee

Die Sonne sinkt in den Wettersee;
Da steigt – mit dem Neck und der Wasserfee –
Von Gold und Rubin, aus des Sees Gruft,
Ein Schloß an die abendgerötete Luft.

Der Mond geht auf und es blassen Rubin
Und Gold zu Silber und Aquamarin,
Und hervor aus dem Schloß und hinaus zum Tanz
Lockt die Nixen der Mondesglanz.

Teichrosen flechten sie, draußen im Saal,
Um Stirn und Nacken sich allzumal,
Als bangte jede, des Mondes Licht
Selbst könne bräunen ihr Angesicht.

Dann schlingen sie Tänze, dann tönt ihr Gesang
Zu Neckens melodischem Saitenklang,
Bis blasser das scheidende Mondlicht blinkt
Und Schloß und Neck und Nixe versinkt.

Nun baut ihren finstern Palast die Nacht,
Da heult es im Walde, da knickt es und kracht, –
Ihren Renner, zottig und grau,
Reitet zur Tränke die Heidefrau.

Ihr Roß ist ein Wolf, schnell wie der Wind,
Blindschleichen die Zügel des Renners sind,
Eine Natter ist Peitsche, ein Igel ist Sporn,
So jagt sie herbei durch Dickicht und Dorn.

Wetteifernd funkelt das Katzengrau
Der Augen von Wolf und Heidefrau,
Man sieht, bei solchem Blitzen und Sprühn,
Die lechzende Zunge des Wolfes glühn.

Er trinkt aus dem See, dann lenkt er den Schritt,
Und am Ufer entlang geht der nächtliche Ritt,
Bis früh am Morgen, statt Neck und Fee,
Fischer durchfurchen den Wettersee.

Der alte Dessauer

Ich will ein Lied euch singen!
Mein Held ist eigner Art:
Ein Zopf vor allen Dingen,
Dreimaster, Knebelbart,
Blitzblank der Rock vom Bürsten
Und jeder Knopf wie Gold, –
Ihr merkt, es gilt dem Fürsten,
Dem alten *Leopold*.

All Wissenschaft und Dichtung
Sein Lebtag er vermied,
Und sprach er je von *»Richtung«*,
Meint' er in Reih und Glied;
Statt Opern aller Arten
Hatt er nur einen Marsch,
Und selbst mit Schriftgelahrten
Verfuhr er etwas barsch.

Nicht mocht er Phrasen türmen
Von Fortschritt, glatt und schön,
Er wußte nur zu stürmen
Die Kesselsdorfer Höhn;
Er hielt nicht viel vom Zweifel,
Und wen'ger noch vom Spott,
Er war ein dummer Teufel
Und glaubte noch an Gott.

Ja, ja, er war im Leben
Beschränkt, wie man's so heißt,
Und soll ich Antwort geben,
Warum mein Lied ihn preist?

Nun denn, weil nie mit Worten
Er seine Feinde fraß,
Und weil ihm rechter Orten
So Herz wie Galle saß.

Wir haben viel von Nöten,
Trotz allem guten Rat,
Und sollten schier erröten
Vor solchem Mann der Tat;
Verschnittnes Haar im Schopfe
Macht nicht allein den Mann, –
Ich halt es mit dem Zopfe,
Wenn solche Männer dran.

Der alte Zieten

Joachim Hans von Zieten,
Husaren-General,
Dem Feind die Stirne bieten,
Er tat's wohl hundert Mal;
Sie haben's all erfahren,
Wie er die Pelze wusch
Mit seinen Leibhusaren,
Der *Zieten* aus dem Busch.

Hei, wie den Feind sie bleuten,
Bei Hennersdorf und Prag,
Bei Liegnitz und bei Leuthen,
Und weiter Schlag auf Schlag;
Bei Torgau, Tag der Ehre,
Ritt selbst der Fritz nach Haus,
Doch *Zieten* sprach: »Ich kehre
Erst noch mein Schlachtfeld aus.«

Sie kamen nie alleine,
Der *Zieten* und der *Fritz*,
Der Donner war der eine,
Der andre war der Blitz.
Es wies sich keiner träge,
Drum schlug's auch immer ein,
Ob warm, ob kalte Schläge,
Sie pflegten gut zu sein. –

Der Friede war geschlossen,
Doch Krieges Lust und Qual,
Die alten Schlachtgenossen
Durchlebten's noch einmal;

Wie Marschall *Daun* gezaudert
Und *Fritz* und *Zieten* nie,
Es ward jetzt durchgeplaudert
Bei Tisch, in Sanssouci.

Einst mocht es ihm nicht schmecken,
Und sieh, der Zieten schlief,
Ein Höfling wollt ihn wecken,
Der König aber rief:
»Laßt schlafen mir den Alten,
Er hat in mancher Nacht
Für uns sich wach gehalten,
Der hat genug gewacht.« –

Und als die Zeit erfüllet
Des alten Helden war,
Lag einst, schlicht eingehüllet,
Hans Zieten, der Husar:
Wie selber er genommen
Die Feinde stets im Husch,
So war der Tod gekommen
Wie Zieten aus dem Busch.

Winterabend

Da draußen schneit es: Schneegeflimmer
Wies heute mir den Weg zu dir;
Ein tret ich in dein traulich Zimmer,
Und warm ans Herze fliegst du mir –
Ab schüttl ich jetzt die Winterflocken,
Ab schüttl ich hinterdrein die Welt,
Nur leise noch von Schlittenglocken
Ein ferner Klang herübergellt.

»Nun aber komm, nun laß uns plaudern
Vom eignen Herd, von Hof und Haus!«
Da baust du lachend, ohne Zaudern,
Bis unters Dach die Zukunft aus;
Du hängst an meines Zimmers Wände
All meine Lieblingsschilderein,
Ich seh's und streck danach die Hände,
Als müß es wahr und wirklich sein.

So flieht des Abends schöne Stunde,
Vom fernen Turm tönt's Mitternacht,
Die Mutter schläft, in stiller Runde
Nur noch die Wanduhr pickt und wacht.
Ade, ade! von warmen Lippen
Ein Kuß noch, – dann in Nacht hinein:
Das Leben lacht, trotz Sturm und Klippen,
Nur Steurer muß die Liebe sein.

Mittag

Am Waldessaume träumt die Föhre,
Am Himmel weiße Wölkchen nur;
Es ist so still, daß ich sie *höre*,
Die tiefe Stille der Natur.

Rings Sonnenschein auf Wies' und Wegen,
Die Wipfel stumm, kein Lüftchen wach,
Und doch, es klingt, als ström ein Regen
Leis tönend auf das Blätterdach.

Wangeline, die Weisse Frau

Mehr Dinge gibt's im Himmel und auf Erden,
Als wir in unsrer Weisheit je geträumt.

Gott schütz den König! und will Gefahr
Die Hohenzollern umgarnen,
Da wird lebendig ein alter Fluch,
Die Weiße Frau in Schleier und Tuch
Erscheinet, um zu warnen.

Sie kommt dreimal, geht um dreimal,
Zögernder immer und trüber,
Die Wache ruft: »Halt, werda«, nicht mehr,
Sie weiß, *der* Gast weicht keinem Gewehr, –
Sie zittert und läßt ihn vorüber.

———

Das Fest ist aus; im Schlosse wird's still,
Nur eine, die sich noch schmücken will,
Sie tritt an den Spiegel und löst ihr Haar, –
Wangeline, die schöne, wie schön sie war!

Sie schmückt sich; für wen? für ihren Galan!
Kurt Marwitz hat es ihr angetan,
Sie sahen sich viel, sie küßten sich oft,
Wird heut er kommen? sie harrt, sie hofft.

Sie hofft und wirft mit schimmernder Hand
Ihr schwarzes Haar übers weiße Gewand,
Sie flüstert: »Ich lieb ihn mit Seel' und Leib,
Was soll mich kümmern sein gramblaß
Weib.

Und ob ihr bräche das Herz in der Brust,
Je blasser die Leiche, je röter die Lust, –

Feigherzig Gewissen, fahr hin, fahr hin,
Es brennt mein Blut und es schwindelt mein
Sinn.«

Sie spricht's; da sieh, hellblendender Schein
Fällt von der Tür in den Spiegel hinein,
Sie wendet sich um, aufschreit sie jäh; –
Eintrat Kurfürstin Dorothee.

Die zittert selbst; in bebender Hand
Mit bebt die Kerze, halb niedergebrannt,
Ihr Kleid ist zerknittert, verstört ihr Gesicht,
Sie starren sich an und die Fürstin spricht:

»Wangeline, ich tat es; frag nicht ›was‹;
Meine Kinder enterbt, das war mein Haß,
Und er – ihr Herr, das war zu viel, –
Es steht ein Becher vor Prinz Emil.

Mein Stiefsohn über mein eigen Blut,
Ich konnt's nicht tragen – es war nicht gut!
Rett ihn, rette mich, *dies* ist die Stund,
Reiß ihm den Becher hinweg vom Mund.«

Sie drängt sie hinaus; das Schloß entlang
Eilt Wangelin' über Trepp' und Gang, –
Da raschelt und rauscht es, die Nacht weht
frisch,
Ein Schatten tritt aus Wand und Nisch'.

Es raschelt und rauscht, die Nacht ist kalt,
Der Schatten wird zur Reitergestalt,
Sie kennt ihn, sein Schwert, seinen Hut, sein
Kleid:
Kurbrandenburgisches Waffengeschmeid.

Sie kennt ihn – und doch, sie kennt ihn nicht,
Immer fremder wird sein bleich Gesicht,
Er ruft: »Wohin?« – ihr versagen die Knie,
So klang ihres Buhlen Stimme nie.

Sie will vorüber, er faßt sie um,
Wangeline, was wird deine Lippe so stumm?
Er flüstert: »Ich lieb dich mit Seel und Leib,
Was soll mich kümmern mein gramblaß
Weib.

Und ob ihr bräche das Herz in der Brust,
Je blasser die Leiche, je röter die Lust« –
Sie hört es entsetzt, sie schreit, sie ringt,
Umsonst, der Bleiche sie niederzwingt.

Ihre Sinne vergehn, ihr wird's wie Traum,
Die Stunde schwindet, sie weiß es kaum,
»Leb wohl, Wangeline«, der Reiter lacht,
Sein Leib wird Schatten, Wangeline erwacht.

Sie rafft sich auf, hin fliegt sie schnell,
Sie stürzt ins Gemach, sie ist zur Stell, –
Dorothea neben dem Sterbenden steht,
Der spricht: »Wangeline, du kommst zu spät.

Ich geh zur Ruh; du nicht; *leb fort*!
Der Himmel hört eines Sterbenden Wort,
Du konntest mich retten, du tatest es nicht,
Zu warnen, zu warnen, das sei dein Gericht.«

Er sinkt zurück, sein Auge brach,
Wangeline folgte dem Prinzen nach,
Der Prinz ruht aus in silberner Truh,
Die Weiße Frau, sie hat nicht Ruh.

Sie hat nicht Ruh; und will Gefahr
Die Hohenzollern umgarnen,
Da wird lebendig der alte Fluch,
Die Weiße Frau in Schleier und Tuch
Erscheinet, um zu warnen.

Sie kommt dreimal, geht um dreimal,
Zögernder immer und trüber,
Die Wache ruft: »Halt, werda!« nicht mehr,
Sie weiß, *der* Gast weicht keinem Gewehr, –
Sie zittert, und läßt ihn vorüber.

In der Krankheit
(Brief an E.)

Mein ganzes Zimmer riecht nach Wald,
Das machen die kienenen Tische,
Glaub mir, ich muß genesen bald
In dieser Harzesfrische.

Du bist noch kaum bei uns daheim
An unsres Kindes Bettchen,
Und sieh, schon sitzt ein muntrer Reim
Auf meinem Fensterbrettchen.

Er sitzt allda und schaut mich an
Wie auf dem Felde die Lerchen
Und singt: »Du hast ganz wohlgetan,
Dich still hier einzupferchen.

Steh nur früh auf und schweif umher
Und lache wie der Morgen,
So wird dies grüne Waldesmeer
Schon weiter für dich sorgen.

Und schiedst du *doch* zu dieser Frist,
So tu es ohne Trauern,
Das Leben, weil so schön es ist,
Kann es nicht ewig dauern.«

Lied des James Monmouth

»Es zieht sich eine blutige Spur
Durch unser Haus von alters,
Meine Mutter war seine Buhle nur,
Die schöne Lucy Walters.

Am Abend war's, leis wogte das Korn,
Sie küßten sich unter der Linde,
Eine Lerche klang und ein Jägerhorn, –
Ich bin ein Kind der Sünde.

Meine Mutter hat mir oft erzählt
Von jenes Abends Sonne,
Ihre Lippen sprachen: ich habe gefehlt!
Ihre Augen lachten vor Wonne.

Ein Kind der Sünde, ein Stuartkind,
Es blitzt wie Beil von weiten,
Den Weg, den alle geschritten sind,
Ich werd ihn auch beschreiten.

Das Leben geliebt und die Krone geküßt
Und den Frauen das Herz gegeben,
Und den letzten Kuß auf das schwarze Gerüst, –
Das ist ein Stuart-Leben.«

In das Stammbuch einer Dame

Was ist aus Dichtern schon alles geworden?
Hofräte, mit und ohne Orden; –
Mir aber scheint der Preis auf Erden:
»Von Frauenherzen verstanden zu werden«.

Der Gast

Das Kind ist krank zum Sterben,
Die Lampe gibt trägen Schein,
Die Mutter spricht: Mir ist es,
Als wären wir nicht allein.

Der Vater sucht zu lächeln,
Doch im Herzen pocht's ihm bang,
Stiller wird's und stiller, –
Die Nacht ist gar zu lang.

Nun scheint der Tag ins Fenster,
Die Vögel singen so klar;
Die beiden wußten lange,
Wer der Gast gewesen war.

An Emilie
18. Dezember 1855

Dienstag abend

Im Café Divan wieder einmal
Starr ich still in die flammenden Leuchter,
Das Herz wird weihnachts-sentimental
Und die Wimpern werden feuchter;
Doch zwischen die Tränen tritt Freund Humor,
Ein gemütlich-lustiger Lerse*,
Und nur ein leiser Trauerflor
Legt sich um die lachenden Verse.

Ich seh im Geist ein rumpliges Haus
Und eine rumplige Stube,
Drei Frauen gehen ein und aus,
Und der vierte ist mein Bube;
Die älteste Frau hat schwarzes Haar
Und die jüngste hat es nicht minder,
Das macht, es ist, wie's immer war,
Es ähneln sich Mutter und Kinder.

Die dritte sieht ihren Knaben an,
Unter Lachen und unter Weinen,
Sie denkt: ich hab eine Art von Mann
Und hab auch wieder keinen;
Der Junge spielt und fährt über See,
Um seinen Vater zu suchen,
Er ruft: »Lieb Mutter mein, ade,
Ich hole den Butterkuchen.«

* siehe Götz von Berlichingen. Anmerkung für unliterarische Leser

Der Vater ach, ihm ist nicht nett,
Er muß sich wehren und stemmen,
Er säß viel lieber im Kabriolett
Und passierte Friesack und Cremmen;
Er spränge gern zum Wagen hinaus
Am Kanal und der Kirchplatz-Ecke,
Und schleppte gern in das rumplige Haus
Den besten der Ruprecht-Säcke.

Es kann nicht sein; am Londoner Strand,
In Simpsons stolzer Taverne,
Legt an die Stirn er seine Hand
Und träumt sich ferne, ferne.
Er sieht, durch Nebel und über das Meer,
Eine Fülle lieber Gesichter,
Und heimisch wird es um ihn her
Als brennten die Weihnachtslichter.

England

Du Land der Times und Land der Großen Charte,
Du Land voll Löwenherz in jedem Strauß,
Besiegrin du des Kaisers Bonaparte,
Erbweisheits-Land, der Freiheit Hort und Haus,
Ach, frag ich mich, was schließlich ganz aparte
Du hast vor uns und andrem Volk voraus,
So ist es das: es fehlen dir die Semmeln,
Doch bist du groß in Rindfleisch und in Hämmeln.

Goodwin-Sand

Das sind die Bänke von Goodwin-Sand,
Sie sind nicht Meer, sie sind nicht Land,
Sie schieben sich, langsam, satt und schwer,
Wie eine Schlange hin und her.

Und die Schiffe, die mit dem Sturm gerungen
Und die schäumende Wut der Wellen bezwungen
Und die gefahren über die Welt,
Unzertrümmert, unzerschellt,
Sie sehen die Heimat, sie sehen das Ziel,
Da schiebt sich die Schlange unter den Kiel
Und ringelt Schiff und Mannschaft hinab,
Zugleich ihr Tod, zugleich ihr Grab.

Die See ist still, die Ebb ist nah,
Mastspitzen ragen hier und da,
Und wo sie ragen in die Luft,
Da sind es Kreuze über der Gruft;
Ein Kirchhof ist's, halb Meer, halb Land, –
Das sind die Bänke von Goodwin-Sand.

Man wird nicht besser mit den Jahren,
Wie sollt es auch, man wird bequem
Und bringt, um sich die Reu zu sparen,
Die Fehler all in ein System.

Das gibt dann eine glatte Fläche,
Man gleitet unbehindert fort,
Und »allgemeine Menschenschwäche«
Wird unser Trost- und Losungswort.

Die Fragen alle sind erledigt,
Das eine geht, das andre nicht,
Nur manchmal eine stumme Predigt
Hält uns der Kinder Angesicht.

Prinz Louis Ferdinand

Sechs Fuß hoch aufgeschossen,
Ein Kriegsgott anzuschaun,
Der Liebling der Genossen,
Der Abgott schöner Fraun,
Blauäugig, blond, verwegen
Und in der jungen Hand
Den alten Preußen-Degen –
Prinz Louis Ferdinand.

Die Generalitäten
Kopfschütteln früh und spät,
Sie räuspern sich und treten
Vor Seine Majestät,
Sie sprechen: »Nicht zu dulden
Ist dieser Lebenslauf,
Die Mädchen und die Schulden
Zehren den Prinzen auf.«

Der König drauf mit Lachen:
»Dank schön, ich wußt es schon;
Es gilt ihn kirr zu machen,
Drum: Festungs-Garnison;
Er muß in die Provinzen
Und nicht länger hier verziehn,
Nach Magdeburg mit dem Prinzen
Und *nie* Urlaub nach Berlin.«

Der Prinz vernimmt die Märe,
Saß eben bei seinem Schatz:
»Nach Magdeburg, auf Ehre,
Das ist ein schlimmer Platz!«

Er meldet sich am Orte,
Und es spricht der General:
»Täglich elf Uhr zum Rapporte
Ein für allemal!«

O Prinz, das will nicht munden,
Doch denkt er: »Sei gescheit,
Volle vierundzwanzig Stunden
Sind eine hübsche Zeit,
Relais, viermal verschnaufen,
Auf dem Sattel Nachtquartier,
Und kann's *ein* Pferd nicht laufen,
So laufen's ihrer vier.«

Hin fliegt er wie die Schwalben,
Fünf Meilen ist Station,
Vom Braunen auf den Falben,
Das ist die Havel schon,
Vom Rappen auf den Schimmel,
Nun faßt die Sehnsucht ihn,
Drei Meilen noch – hilf Himmel,
Prinz Louis in Berlin.

Gegeben und genommen
Wird einer Stunde Glück,
Dann, flugs wie er gekommen,
Im Fluge geht's zurück,
Elf Uhr am andern Tage
Hält er am alten Ort,
Und mit dem Glockenschlage
Da steht er zum Rapport. –

Das war nur bloßes Reiten,
Doch wer so reiten kann,
Der ist in rechten Zeiten
Auch wohl der rechte Mann;

Schon über Tal und Hügel
Stürmt ostwärts der Koloß, –
Prinz Louis sitzt am Flügel
Im Rudolstädter Schloß.

Es blitzt der Saal von Kerzen,
Zwölf Lichter um ihn stehn,
Nacht ist's in seinem Herzen
Und Nacht nur kann er sehn,
Die Töne schwellen, rauschen,
Es klingt wie Lieb und Haß,
Die Damen stehn und lauschen,
Und was er spielt ist *das*:

»Zu spät zu Kampf und Beten,
Der Feinde Rosses-Huf
Wird über Nacht zertreten,
Was ein Jahrhundert schuf,
Ich seh es fallen, enden,
Und wie alles zusammenbricht,
Ich kann den Tag nicht wenden,
Aber *leben* will ich ihn nicht.«

Und als das Wort verklungen,
Rollt Donner schon der Schlacht,
Er hat sich aufgeschwungen,
Und sein Herze noch einmal lacht,
Vorauf den andern allen
Er stolz zusammenbrach,
Prinz Louis war gefallen
Und Preußen fiel – ihm nach.

Das Trauerspiel von Afghanistan

Der Schnee leis stäubend vom Himmel fällt,
Ein Reiter vor Dschellalabad hält,
»Wer da!« – »Ein britischer Reitersmann,
Bringe Botschaft aus Afghanistan.«

Afghanistan! er sprach es so matt;
Es umdrängt den Reiter die halbe Stadt,
Sir Robert Sale, der Kommandant,
Hebt ihn vom Rosse mit eigener Hand.

Sie führen ins steinerne Wachthaus ihn,
Sie setzen ihn nieder an den Kamin,
Wie wärmt ihn das Feuer, wie labt ihn das Licht,
Er atmet hoch auf und dankt und spricht:

»Wir waren dreizehntausend Mann,
Von Kabul unser Zug begann,
Soldaten, Führer, Weib und Kind,
Erstarrt, erschlagen, verraten sind.

Zersprengt ist unser ganzes Heer,
Was lebt, irrt draußen in Nacht umher,
Mir hat ein Gott die Rettung gegönnt,
Seht zu, ob den Rest ihr retten könnt.«

Sir Robert stieg auf den Festungswall,
Offiziere, Soldaten folgten ihm all,
Sir Robert sprach: »Der Schnee fällt dicht,
Die uns suchen, sie können uns finden nicht.

Sie irren wie Blinde und sind uns so nah,
So laßt sie's *hören*, daß wir da,
Stimmt an ein Lied von Heimat und Haus,
Trompeter, blast in die Nacht hinaus!«

Da huben sie an und sie wurden's nicht müd,
Durch die Nacht hin klang es Lied um Lied,
Erst englische Lieder mit fröhlichem Klang,
Dann Hochlandslieder wie Klagegesang.

Sie bliesen die Nacht und über den Tag,
Laut, wie nur die Liebe rufen mag,
Sie bliesen – es kam die zweite Nacht,
Umsonst, daß ihr ruft, umsonst, daß ihr wacht.

Die hören sollen, sie hören nicht mehr,
Vernichtet ist das ganze Heer,
Mit dreizehntausend der Zug begann,
Einer kam heim aus Afghanistan.

An Emilie

Zum 14. November 1859

An alter Stell, an neuer Stell,
Es wird noch immer nicht recht hell,
Am alten Ort, am neuen Ort,
Wolken hier und Wolken dort.

So lahmt man sich durchs Leben hin
Mit hektisch hoffnungsbangem Sinn,
Das beste Stückchen Sonnenschein
Heißt: »Ach es könnt noch schlimmer sein.«

Hab Dank, daß du es ruhig trägst,
Der Sorgen mutig dich entschlägst,
Hätt ich noch Leid und Kreuz im Haus,
Wahrhaftig, da wär alles aus.

Wieviel auch fehlt und auch gebricht,
Das Allerbeste fehlt doch nicht;
Erhalte dich der Himmel frisch,
So ist das Wein für unsren Tisch.

Melrose-Abbey

Und willst du des Zaubers sicher sein,
So besuche Melros' bei Mondenschein,
Die goldne Sonne, des Tages Licht,
Sie passen zu seinen Trümmern nicht.
Wenn die Bögen und Nischen im Schatten stehn,
Die Ecken und Pfeiler wie Silber sehn,
Wenn das weiße, kalte, zitternde Licht
Um den Mittelturm seine Guirlanden flicht,
Wenn die Strebepfeiler sich wechselnd reihn,
Halb Ebenholz, halb Elfenbein,
Wenn's schneeig auf allen Gräbern liegt
Und die weißen Figuren noch weißer umschmiegt,
Wenn das Rauschen des Tweed, weitab gehört,
Wie Summen die nächtige Stille stört, –
Ja, dann tritt ein: bei *Mondesschein*
Besuche Melros' und – *tu es allein.*

An Emilie

Zum 24. Dezember 1862

Es ändern im Leben sich die Dinge,
Lahm wird der Schwung, lahm wird die Schwinge,
Die Liebe, die sonst im Äther schwamm,
Sie steigt hinunter zu Seife und Kamm.

Der Kamm für zwölf einen halben Groschen
Ist aus einem Laden mit Gummi-Galoschen,
Die Seife (aus einem kleinen Basar)
Wohl nie bei »Treu und Nuglisch« war.

Sei's drum; wenn ich es recht begreife,
Ist gar nicht so übel der Kamm und die Seife,
Und war auch die Lieb einst noch so stramm,
Noch strammer ist Liebe mit Seife und Kamm.

Nur stramme Liebe, ums recht zu bedenken,
Kann's wagen, Kamm und Seife zu schenken,
Und glücklich die Ehe, wo Frau und Mann
Sich Kamm und Seife schenken kann.

Gorm Grymme

König Gorm herrscht über Dänemark,
Er herrscht die dreißig Jahr,
Sein Sinn ist fest, seine Hand ist stark,
Weiß worden ist nur sein Haar,
Weiß worden sind nur seine buschigen Braun,
Die machten manchen stumm,
In Grimme liebt er drein zu schaun, –
Gorm Grymme heißt er drum.

Und die Jarls kamen zum Feste des Jul,
Gorm Grymme sitzt im Saal,
Und neben ihm sitzt, auf beinernem Stuhl,
Thyra Danebod, sein Gemahl;
Sie reichen einander still die Hand
Und blicken sich an zugleich,
Ein Lächeln in beider Auge stand, –
Gorm Grymme, was macht dich so weich?

Den Saal hinunter, in offner Hall,
Da fliegt es wie Locken im Wind,
Jung-Harald spielt mit dem Federball,
Jung-Harald, ihr einziges Kind,
Sein Wuchs ist schlank, blond ist sein Haar,
Blau-golden ist sein Kleid,
Jung-Harald ist heut fünfzehn Jahr
Und sie lieben ihn allbeid.

Sie lieben ihn beid; eine Ahnung bang
Kommt über die Königin,
Gorm Grymme aber den Saal entlang
Auf Jung-Harald deutet er hin,

Und er hebt sich zum Sprechen, – sein Mantel rot
Gleitet nieder auf den Grund:
»Wer je mir spräche ›er ist tot‹,
Der müßte sterben zur Stund.«

Und Monde gehn. Es schmolz der Schnee,
Der Sommer kam zu Gast,
Dreihundert Schiffe fahren in See,
Jung-Harald steht am Mast,
Er steht am Mast, er singt ein Lied,
Bis sich's im Winde brach,
Das letzte Segel, es schwand, es schied, –
Gorm Grymme schaut ihm nach.

Und wieder Monde. Grau-Herbstestag
Liegt über Sund und Meer,
Drei Schiffe mit mattem Ruderschlag
Rudern heimwärts drüber her;
Schwarz hängen die Wimpel; auf Brömsebro-Moor
Jung-Harald liegt im Blut, –
Wer bringt die Kunde vor Königs Ohr?
Keiner hat den Mut.

Thyra Danebod schreitet hinab an den Sund,
Sie hatte die Segel gesehn;
Sie spricht: »Und bangt sich euer Mund,
Ich meld ihm, was geschehn«;
Ab legt sie ihr rotes Korallengeschmeid
Und die Gemme von Opal,
Sie kleidet sich in ein schwarzes Kleid
Und tritt in Hall und Saal.

In Hall und Saal. An Pfeiler und Wand
Goldteppiche ziehen sich hin,
Schwarze Teppiche nun mit eigener Hand
Hängt drüber die Königin,

Und sie zündet zwölf Kerzen, ihr flackernd Licht,
Es gab einen trüben Schein,
Und sie legt ein Gewebe, schwarz und dicht,
Auf den Stuhl von Elfenbein.

Ein tritt Gorm Grymme. Es zittert sein Gang,
Er schreitet wie im Traum,
Er starrt die schwarze Hall entlang,
Die Lichter, er sieht sie kaum,
Er spricht: »Es weht wie Schwüle hier,
Ich will an Meer und Strand,
Reich meinen rotgoldenen Mantel mir
Und reiche mir deine Hand.«

Sie gab ihm um einen Mantel dicht,
Der war nicht golden, nicht rot,
Gorm Grymme sprach: »Was niemand spricht,
Ich sprech es: er ist tot.«
Er setzte sich nieder, wo er stand,
Ein Windstoß fuhr durchs Haus,
Die Königin hielt des Königs Hand,
Die Lichter loschen aus.

»O trübe diese Tage nicht«

O trübe diese Tage nicht,
Sie sind der letzte Sonnenschein,
Wie lange, und es lischt das Licht
Und unser Winter bricht herein.

Dies ist die Zeit, wo jeder Tag
Viel Tage gilt in seinem Wert,
Weil man's nicht mehr erhoffen mag,
Daß *so* die Stunde wiederkehrt.

Die Flut des Lebens ist dahin,
Es ebbt in seinem Stolz und Reiz,
Und sieh, es schleicht in unsern Sinn
Ein banger, nie gekannter Geiz;

Ein süßer Geiz, der Stunden zählt
Und jede prüft auf ihren Glanz,
O sorge, daß uns keine fehlt,
Und gönn uns jede Stunde *ganz.*

Die Tage von Dobbertin

Die Sonne ist im Scheiden,
Das Boot fährt über den See,
Die Erlen und die Weiden
Spiegeln sich im See;
Die Schwäne stillere Kreise
Im weiten Wasser ziehn,
Ich denk an die goldenen Tage,
An die Tage von Dobbertin.

An Emilie
Zum 14. November 1876

Wohl nur, weil dir Strophenkram
Grade jetzt zuwider,
Mich ein Lüstchen überkam:
Schreibe Verse nieder.

Denn der Hang zum Widerstreit,
Der mir so zu eigen,
Will sich eben jederzeit
Als sich selber zeigen.

Aber ob es dies nun war,
Oder minder Schroffes,
Trete in ein freundlich Jahr,
Mindestens erhoff es.

Hoff es, wenn du recht es willst,
Wirst du's auch gewinnen,
Aber wenn du weiter schiltst,
Scheuchest du's von hinnen.

Schelten ist nicht immer laut;
Auch das halbe Schelten,
Das aus trübem Auge schaut,
Kann als ganzes gelten.

Leg es ab: sieh wieder hell;
Ach was ist hienieden?
Gönne mir die stille Stell
Und mein bißchen Frieden.

Und so du dazu bereit,
Will ich Dank dir sagen,
Aber ohne Bitterkeit
Auch das andre tragen.

Trost

Tröste dich, die Stunden eilen,
Und was all dich drücken mag,
Auch das Schlimmste kann nicht weilen,
Und es kommt ein andrer Tag.

In dem ew'gen Kommen, Schwinden,
Wie der Schmerz liegt auch das Glück,
Und auch heitre Bilder finden
Ihren Weg zu dir zurück.

Harre, hoffe. Nicht vergebens
Zählest du der Stunden Schlag,
Wechsel ist das Los des Lebens
Und – es kommt ein andrer Tag.

Herbstgefärbt

Rot und gelbe Herbsteslehnen
An der fernen Berge Joch,
Und wie Frühlingsgruß und Sehnen
Blühen um mich her Verbenen,
Aber ach wie lange noch?!

Und so schwindet hin das Leben,
Schwindet, und du liebst es *doch*;
Wieder regt sich Stolz und Streben,
Und der *Wunsch* keimt auf daneben, –
Aber ach wie lange noch?!

Haus Forsteck

Gelb wird das Laub, es rötet sich die Frucht,
In blauer Stille liegt die Kieler Bucht,
Es schweigt der Wind, die Fläche zittert kaum,
Und nur die Möwen sind wie Wellenschaum.

Und hier am Ufer, aus der Waldesnacht
Uralter Eichen hell ein Giebel lacht,
Ein heller Giebel und ein helles Haus,
Und wie von Tauben fliegt es ein und aus,
In Blumen steht es Lenz' und Herbsteszeit
Ein sichtbar Zeichen seiner Gastlichkeit.

Das Gittertor am Parke schließt sich nie,
Die hohen Fenster, »komm nur« sprechen sie,
Und Virchow kommt und feiert Nach-Kongreß,
Stockhausen kommt und schwelgt in Fug' und Mess',
Und Niepa kommt, vom Zeitungsdienste müd,
Und Lindau kommt im Glanz von »Nord und Süd«
Und einer noch (es zögerte sein Fuß
Im Abschieds-Augenblick) … und hier – sein Gruß.

Die Brück am Tay
(28. Dezember 1879)

When shall we three meet again.
Macbeth

»Wann treffen wir drei wieder zusamm?«
»Um die siebente Stund, am Brückendamm.«
»Am Mittelpfeiler.«
»Ich lösche die Flamm.«
»Ich mit.«

»Ich komme von Norden her.«
»Und ich von Süden.«
»Und ich vom Meer.«

»Hei, das gibt einen Ringelreihn,
Und die Brücke muß in den Grund hinein.«

»Und der Zug, der in die Brücke tritt
Um die siebente Stund?«
»Ei, der muß mit.«
»Muß mit.«

»Tand, Tand,
Ist das Gebilde von Menschenhand!«

Auf der *Norderseite*, das Brückenhaus –
Alle Fenster sehen nach Süden aus,
Und die Brücknersleut, ohne Rast und Ruh
Und in Bangen sehen nach Süden zu,
Sehen und warten, ob nicht ein Licht
Übers Wasser hin »ich komme« spricht,
»Ich komme, trotz Nacht und Sturmesflug,
Ich, der Edinburger Zug.«

Und der Brückner jetzt: »Ich seh einen Schein
Am anderen Ufer. Das muß er sein.
Nun, Mutter, weg mit dem bangen Traum,
Unser Johnie kommt und will seinen Baum,
Und was noch am Baume von Lichtern ist,
Zünd alles an wie zum Heiligen Christ,
Der will heuer *zweimal* mit uns sein, –
Und in elf Minuten ist er herein.«

Und es war der Zug. Am *Süder*turm
Keucht er vorbei jetzt gegen den Sturm,
Und Johnie spricht: »Die Brücke noch!
Aber was tut es, wir zwingen es doch.
Ein fester Kessel, ein doppelter Dampf,
Die bleiben Sieger in solchem Kampf,
Und wie's auch rast und ringt und rennt,
Wir kriegen es unter: das Element.

Und unser Stolz ist unsre Brück;
Ich lache, denk ich an früher zurück,
An all den Jammer und all die Not
Mit dem elend alten Schifferboot;
Wie manche liebe Christfestnacht
Hab ich im Fährhaus zugebracht,
Und sah unsrer Fenster lichten Schein,
Und zählte, und konnte nicht drüben sein.«

Auf der Norderseite, das Brückenhaus –
Alle Fenster sehen nach Süden aus,
Und die Brücknersleut ohne Rast und Ruh
Und in Bangen sehen nach Süden zu;
Denn wütender wurde der Winde Spiel,
Und jetzt, als ob Feuer vom Himmel fiel',
Erglüht es in niederschießender Pracht
Überm Wasser unten ... Und wieder ist Nacht.

»Wann treffen wir drei wieder zusamm?«
»Um Mitternacht, am Bergeskamm.«
»Auf dem hohen Moor, am Erlenstamm.«

»Ich komme.«
»Ich mit.«

»Ich nenn euch die Zahl.«
»Und ich die Namen.«
»Und ich die Qual.«

»Hei!
Wie Splitter brach das Gebälk entzwei.«

»Tand, Tand,
Ist das Gebilde von Menschenhand.«

An Emilie
Zum 14. November 1880

Mit neuen Pfropfen

Es hilft uns kein Gedeutel,
So nimm es, wie es fällt,
Der eine hat den Beutel,
Der andre hat das Geld.

Es läßt sich nichts erklopfen –
Der eine hat den Wein,
Der andre hat die Pfropfen,
Man muß zufrieden sein.

Publikum

Das Publikum ist eine einfache Frau,
Bourgeoishaft, eitel und wichtig,
Und folgt man, wenn sie spricht, genau,
So spricht sie nicht mal richtig.

Eine einfache Frau, doch rosig und frisch,
Und ihre Juwelen blitzen,
Und sie lacht und führt einen guten Tisch
Und es möchte sie jeder besitzen.

Unter ein Bildnis Adolf Menzels

Gaben, wer hätte sie nicht? Talente – Spielzeug für Kinder,
Erst der Ernst macht den Mann, erst der Fleiß das Genie.

Auf der Treppe von Sanssouci

7./8. Dezember 1885
(Zu Menzels 70. Geburtstag)

Von Marly kommend und der Friedenskirche,
Hin am Bassin (es plätscherte kein Springstrahl)
Stieg ich treppan; die Sterne blinkten, blitzten,
Und auf den Stufen-Aufbau der Terrasse
Warf Baum und Strauchwerk seine dünnen Schatten,
Durchsichtige, wie Schatten nur von Schatten.
Rings tiefe Stille, selbst der Wache Schritt
Blieb lautlos auf dem überreiften Boden,
Und nur von rechts her, von der Stadt herüber,
Erscholl das Glockenspiel.
Nun schwieg auch *das*,
Und als mein Auge, das auf kurze Weile
Dem Ohr gefolgt war, wieder vorwärts blickte,
Trat aus dem Buschwerk, und ich schrak zusammen,
Er selbst, im Frackrock, hinter ihm das Windspiel
(Biche, wenn nicht alles täuschte), dazu Krückstock
Und Hut und Stern. Bei Gott, es war der König.

Was tun? Ich dacht an Umkehr; doch sein Auge,
Das *Fritzen*-Auge bannte mich zur Stelle;
So hielt ich denn und machte Front.
»Wie heißt Er?«
Ich stotterte was hin.
»Und sein Metier?«
»Schriftsteller, Majestät. Ich mache Verse!«

Der König lächelte: »Nun hör Er, Herr,
Ich will's Ihm glauben; keiner ist der Tor,
Sich dieses Zeichens ohne Not zu rühmen,
Dergleichen sagt nur, wer es sagen muß,

Der Spott ist sicher, zweifelhaft das andre.
Poëte allemand! Ja, ja, Berlin wird Weltstadt.
Nun aber sag Er mir, ich les da täglich
(Verzeih Er, aber Federvieh und Borste
Wohnt auf demselben Hof und hält Gemeinschaft),
Ich les da täglich jetzt in den Gazetten
Von Menzelfest und siebzigstem Geburtstag,
Ausstellung von Tableaux und von Peintüren
Und ähnlichem. Ein großer Lärm. Eh bien, Herr,
Was soll das? Kennt Er Menzel? Wer ist Menzel?«

Und dabei flog ein Zug um seinen Mund,
Als wiss' er selber Antwort auf die Frage.

»Zu Gnaden, Majestät«, begann ich zögernd,
»*Die* Frag ist schwer, das ist ein Doktorthema;
Mein Wissen reicht bis Pierer nur und Brockhaus.
Ja, wer ist Menzel? Menzel ist sehr vieles,
Um nicht zu sagen alles; mindstens ist er
Die ganze Arche Noäh, Tier und Menschen:
Putthühner, Gänse, Papagein und Enten,
Schwerin und Seydlitz, Leopold von Dessau,
Der alte Zieten, Ammen, Schlosserjungen,
Kathol'sche Kirchen, italien'sche Plätze,
Schuhschnallen, Bronzen, Walz- und Eisenwerke,
Stadträte mit und ohne goldne Kette,
Minister, mißgestimmt in Kaschmirhosen,
Straußfedern, Hofball, Hummer-Majonnaise,
Der Kaiser, Moltke, Gräfin Hacke, Bismarck –«
»Outrier' Er nicht.«
»Ich spreche nur die Wahrheit.
Bescheidne Wahrheit nur. Er durchstudierte
Die groß und kleine Welt; was kreucht und fleucht,
Er gibt es uns im Spiegelbilde wieder.
Am liebsten aber (und mir schwoll der Kamm,

Ich war im Gang, ›jetzt oder niemals‹ dacht ich),
Am liebsten aber gibt *die* Welt er wieder,
Die *Fritzen*-Welt, auf der wir just hier stehn!
Im Rundsaal, vom Plafond her, strahlt der Lustre,
Siebartig golden blinkt der Stühle Flechtwerk,
Biche (›komm, mein Bichechen‹) streift die
Tischtuch-Ecke,
Champagner perlt und auf der Meißner Schale
Liegt, schon zerpflückt, die Pontac-Apfelsine ...«

»Nun laß Er nur. Ich weiß schon.«
Und er lüpfte
Den Hut und ging. Doch sieh, nur wenig Schritte,
So hielt er wieder, wandte sich und winkte
Mich an die Seit ihm. »Hör Er, Herr; ein Wort noch:
Er hat bestanden; so lala. Denn wiss' Er,
Ich kenne Menzel wie mich selbst und wär ihm
Erkenntlich gern. Emaille-Uhr? Tabatière?
Vielleicht ein Solitaire? Was macht ihm Spaß wohl?«

»Ach, Majestät, was soll ihm Freude machen?
Er hat vollauf von Gütern dieser Erde,
Hat Ansehn, Ehre, Titel, Ordenskreuze
(Pour le mérite, natürlich Friedensklasse),
Hat Freunde, Mut und Glück, und was die Hauptsach,
Hat seine *Kunst* ...«
»Und fehlt ihm nichts?«
»Rein gar nichts.«
»Na, das ist brav. Comme philosophe! Das lob ich
Und will nicht stören. Aber *eines* sagt ihm:
Ich lüd ihn ein (er mag die Zeit bestimmen,
Ein Jahrer zehne will ich gern noch warten),
Ich lüd ihn ein nach Sanssouci; sie nennen's
Elysium droben, doch es ist dasselbe.
Dort findt er alte Freunde: Genral Stille,

Graf Rothenburg, die ganze Tafelrunde,
Nur Herr von Voltaire fehlt seit Anno 70;
Franzose, rapplig. *Dieser* Platz ist frei.
Den reservier ich ihm. Bestell Er's. Hört Er?
Ich bin Sein gnäd'ger König. Serviteur!«

John Maynard

John Maynard!

»Wer ist John Maynard?«

»John Maynard war unser Steuermann,
Aus hielt er, bis er das Ufer gewann,
Er hat uns gerettet, er trägt die Kron,
Er starb für uns, unsre Liebe sein Lohn.
John Maynard.«

Die »Schwalbe« fliegt über den Erie-See,
Gischt schäumt um den Bug wie Flocken von Schnee,
Von Detroit fliegt sie nach Buffalo –
Die Herzen aber sind frei und froh,
Und die Passagiere, mit Kindern und Fraun,
Im Dämmerlicht schon das Ufer schaun,
Und plaudernd an John Maynard heran
Tritt alles: »Wie weit noch, Steuermann?«
Der schaut nach vorn und schaut in die Rund:
»Noch dreißig Minuten … Halbe Stund.«

Alle Herzen sind froh, alle Herzen sind frei –
Da klingt's aus dem Schiffsraum her wie Schrei,
»Feuer« war es, was da klang,
Ein Qualm aus Kajütt und Luke drang,
Ein Qualm, dann Flammen lichterloh,
Und noch zwanzig Minuten bis Buffalo.

Und die Passagiere, buntgemengt,
Am Bugspriet stehn sie zusammengedrängt,
Am Bugspriet vorn ist noch Luft und Licht,

Am Steuer aber lagert sich's dicht,
Und ein Jammern wird laut: »Wo sind wir? wo?«
Und noch fünfzehn Minuten bis Buffalo.

Der Zugwind wächst, doch die Qualmwolke steht,
Der Kapitän nach dem Steuer späht,
Er sieht nicht mehr seinen Steuermann,
Aber durchs Sprachrohr fragt er an:
»Noch da, John Maynard?«
»Ja, Herr. Ich bin.«
»Auf den Strand. In die Brandung.«
»Ich halte drauf hin.«
Und das Schiffsvolk jubelt: »Halt aus. Hallo.«
Und noch zehn Minuten bis Buffalo.

»Noch da, John Maynard?« Und Antwort schallt's
Mit ersterbender Stimme: »Ja, Herr, ich halt's.«
Und in die Brandung, was Klippe, was Stein,
Jagt er die »Schwalbe« mitten hinein,
Soll Rettung kommen, so kommt sie nur *so*.
Rettung: der Strand von Buffalo.

Das Schiff geborsten. Das Feuer verschwelt.
Gerettet alle. Nur *einer* fehlt!

Alle Glocken gehn; ihre Töne schwelln
Himmelan aus Kirchen und Kapelln,
Ein Klingen und Läuten, sonst schweigt die Stadt,
Ein Dienst nur, den sie heute hat:
Zehntausend folgen oder mehr,
Und kein Aug im Zuge, das tränenleer.

Sie lassen den Sarg in Blumen hinab,
Mit Blumen schließen sie das Grab,

Und mit goldner Schrift in den Marmorstein
Schreibt die Stadt ihren Dankspruch ein:
»Hier ruht John Maynard. In Qualm und Brand
Hielt er das Steuer fest in der Hand,
Er hat uns gerettet, er trägt die Kron,
Er starb für *uns*, unsre Liebe sein Lohn.
John Maynard.«

Rückblick

Es geht zu End und ich blicke zurück.
Wie war mein Leben? wie war mein Glück?

Ich saß und machte meine Schuh;
Unter Lob und Tadel sah man mir zu.

»Du dichtest, das ist das Wichtigste …«
»Du dichtest, das ist das Nichtigste.«

»Wenn Dichtung uns nicht zum Himmel trüge …«
»Phantastereien, Unsinn, Lüge.«

»Göttlicher Funke, Prometheusfeuer …«
»Zirpende Grille, leere Scheuer.«

Von hundert geliebt, von tausend mißacht't,
So hab ich meine Tage verbracht.

Ausgang

Immer enger, leise, leise
Ziehen sich die Lebenskreise,
Schwindet hin, was prahlt und prunkt,
Schwindet Hoffen, Hassen, Lieben,
Und ist nichts in Sicht geblieben
Als der letzte dunkle Punkt.

So und nicht anders

Die Menschen kümmerten mich nicht viel,
Eigen war mein Weg und Ziel.

Ich mied den Markt, ich mied den Schwarm,
Andre sind reich, ich bin arm.

Andre regierten (regieren noch),
Ich stand unten und ging durchs Joch.

Entsagen und lächeln bei Demütigungen,
Das ist die Kunst, die *mir* gelungen.

Und doch, wär's in die Wahl mir gegeben,
Ich führte noch einmal dasselbe Leben.

Und sollt ich noch einmal die Tage beginnen,
Ich würde denselben Faden spinnen.

Was mir gefällt

Du fragst: »ob mir in dieser Welt
Überhaupt noch was gefällt?«
Du fragst es und lächelst spöttisch dabei.

»Lieber Freund, mir gefällt noch allerlei:
Jedes Frühjahr das erste Tiergartengrün,
Oder wenn in Werder die Kirschen blühn,
Zu Pfingsten Kalmus und Birkenreiser,
Der alte Moltke, der alte Kaiser,
Und dann zu Pferd, eine Stunde später,
Mit dem gelben Streifen der ›Halberstädter‹;
Kuckucksrufen, im Wald ein Reh,
Ein Spaziergang durch die Läster-Allee,
Paraden, der Schapersche Goethekopf
Und ein Backfisch mit einem Mozartzopf.«

Es kribbelt und wibbelt weiter

Die Flut steigt bis an den Arrarat
Und es hilft keine Rettungsleiter,
Da bringt die Taube Zweig und Blatt –
Und es kribbelt und wibbelt weiter.

Es sicheln und mähen von Ost nach West
Die apokalyptischen Reiter,
Aber ob Hunger, ob Krieg, ob Pest,
Es kribbelt und wibbelt weiter.

Ein Gott wird gekreuzigt auf Golgatha,
Es brennen Millionen Scheiter,
Märtyrer hier und Hexen da,
Doch es kribbelt und wibbelt weiter.

So banne dein Ich in dich zurück
Und ergib dich und sei heiter;
Was liegt an dir und deinem Glück?
Es kribbelt und wibbelt weiter.

Der Sommer- und Winter-Geheimrat

Um die Sommerzeit sind sie wie andre Menschen
Aus Schwiebus, Reppen oder Bentschen.

Zumal in Bädern, in Ostseefrischen
Sitzt man mit ihnen an selben Tischen,
Und sind auch verschieden der Menschheit Lose,
Gleichmacherisch wirkt die Badehose,
Der alte Adam mit seinen Gebrechen
Läßt manches schweigen und manches sprechen.
Am Spill wurde gestern ein Seehund geschossen,
Zu drängen sich alle Strandgenossen;
Man will ein Kinderhospiz errichten,
»Sie könnten einen Prolog uns dichten.«
Allgemeines heitres Sich-Anbequemen,
Ein Unterschied ist nicht wahrzunehmen.

So der Sommer; er hat sein Bestes getan,
Aber nun bricht der Winter an.

Beim Botschafter S. ist Gala-Fête,
Dein Spill-Freund ist mit an der Tête,
Noch schützt dich die bergende Fensternische,
Jetzt aber gilt es, jetzt geht es zu Tische,
Du sitzt vis-à-vis ihm, es trifft dich sein Gruß,
Davor dein Herz ersteinen muß.
Es wundert sein Chef sich, sein Kollege,
Die Badebekanntschaft ist plötzlich im Wege,
Von dem, mit dem du den Seehund umstanden,
Von dem »sommerlichen« ist nichts mehr vorhanden,
Statt seiner der »winterliche« … Du frierst.
Suche, daß du dich rasch verlierst.

Kirchenumbau
(Bei modernem Gutswechsel)

Spricht der Polier: »Nu bloß noch das eine:
Herr Schultze, wohin mit die Leichensteine?
Die meisten, wenn recht ich gelesen habe,
Waren alte Nonnen aus ›Heiligen Grabe‹.«

»Und Ritter?«

»Nu Ritter, ein Stücker sieben,
Ich hab ihre Namens aufgeschrieben,
Bloß, wo sie gestanden, da sind ja nu Löcher:
1 Bredow, 1 Ribbeck, 2 Rohr, 3 Kröcher,
Wo solln wir mit hin? wo soll ich sie stelln?«

»Stellen? Nu gar nich. Das gibt gute Schwelln,
Schwellen für Stall und Stuterei,
Da freun sich die Junkers noch dabei.«

»Und denn, Herr Schultze, dicht überm Altar
Noch so was vergoldigt Kattolsches war,
Maria mit Christkind … Es war doch ein Jammer.«

»Versteht sich. In die Rumpelkammer!«

Wie man's machen muss

Zwei- oder dreimal mußt er vors Messer,
Dann war er durch und ein Durchschnittsassesser.

Im übrigen war er ein Pfiffikus:
»Eine Spezialität man wählen muß.«

Und endlich hat er sich entschieden:
»Das Durchfahrtsrecht in Krieg und Frieden.«

Er las dreiunddreißig fremde Werke,
Broschüren wurden seine Stärke.

Traten dann Konferenzen zusammen,
Und stand der Streit in hellen Flammen,

Und kam's, daß man keinen Ausweg sah,
So hieß es: »Ist kein Dalberg da?

Warum uns zanken, quälen, schlagen,
Assessor Null wird uns alles sagen.«

Und wirklich, Null wird zugezogen,
Es legen sofort sich des Streites Wogen.

Ein Titel schreitet jetzt vor ihm her,
Null ist schon lange Null nicht mehr.

Jüngstens empfing er den siebenten Orden,
Ist aber drum nicht schöner geworden.

Nur nicht loben

Schreibt wer in Deutschland historische Stücke,
So steht er auf der Schiller-Brücke.

Macht er den Helden zugleich zum Damöte,
So heißt es: Egmont, siehe Goethe.

Schildert er Juden, ernst oder witzig,
Ist es Schmock oder Veitel Itzig.

Schildert er einige hübsche Damen,
Heißt es: Dumas … Ehebruchsdramen.

Jeder Einfall, statt ihn zu loben,
Wird einem andern zugeschoben.

Ein Glück, so hab ich oft gedacht,
Daß Zola keine Balladen gemacht.

Die Frage bleibt

Halte dich still, halte dich stumm,
Nur nicht forschen, warum? warum?

Nur nicht bittre Fragen tauschen,
Antwort ist doch nur wie Meeresrauschen.

Wie's dich auch aufzuhorchen treibt,
Das Dunkel, das Rätsel, die Frage bleibt.

Überlass es der Zeit

Erscheint dir etwas unerhört,
Bist du tiefsten Herzens empört,
Bäume nicht auf, versuch's nicht mit Streit,
Berühr es nicht, überlaß es der Zeit.
Am ersten Tag wirst du feige dich schelten,
Am zweiten läßt du dein Schweigen schon gelten,
Am dritten hast du's überwunden,
Alles ist wichtig nur auf Stunden,
Ärger ist Zehrer und Lebensvergifter,
Zeit ist Balsam und Friedensstifter.

Butterstullenwerfen

Es fliegt ein Stein (die Hand warf ihn gut)
Kräftig, waagrecht über die Flut.

Eine Säule steigt auf und der Sonne Schein
Malt einen Regenbogen hinein.

Und weiter, ein zweites und drittes Mal,
Erhebt sich der siebenfarbige Strahl.

Aber je weiter vom Ufer entfernt,
Der Stein im Fluge das Fliegen verlernt.

Eine Schwere zieht ihn, es ebbt seine Kraft,
Der Strahl ermattet und erschlafft.

Ein Kräuseln noch einmal, ein Tropfen blinkt,
Und dann Ruh und Stille, – der Stein versinkt.

Fester Befehl

In Arkadien wurd auch *ich* geboren.
Auch *ich* habe mal auf Freiheit geschworen.

Ich haßte Schranzen und Fürstenschmeichler,
Glaubte beinah an Held und Eichler,
Und Herwegh, Karl Beck und Dingelsteten
Erhob ich zu meinen Leibpoeten.

»… Auf dem offnen Meere der Freiheit schwimmen …
Ein Volk muß immer sich selbst bestimmen,
Ein Volk geht immer die rechten Wege,
Nieder die Polizeigehege,
Nieder die possidentes beati –«
So dacht auch ich. Oh, tempi passati!

Freiheit freilich. Aber zum Schlimmen
Führt der Masse sich selbst Bestimmen,
Und das Klügste, das Beste, Bequemste,
Das auch *freien* Seelen weitaus Genehmste,
Heißt doch schließlich, ich hab's nicht Hehl:
Festes Gesetz und fester Befehl.

Aber wir lassen es andere machen

Ein Chinese ('s sind schon an 200 Jahr)
In Frankreich auf einem Hofball war.
Und die einen frugen ihn: ob er das kenne?
Und die andern frugen ihn: wie man es nenne?
»Wir nennen es tanzen«, sprach er mit Lachen,
»Aber wir lassen es *andere* machen.«

Und dieses Wort, seit langer Frist,
Mir immer in Erinnerung ist.
Ich seh das Rennen, ich seh das Jagen,
Und wenn mich die Menschen umdrängen und fragen,
»Was tust du nicht mit? Warum stehst du bei Seit?«
So sag ich: »Alles hat seine Zeit.
Auch die Jagd nach dem Glück. All derlei Sachen,
Ich lasse sie längst durch andere machen.«

Würd es mir fehlen, würd ich's vermissen?

Heute früh, nach gut durchschlafener Nacht,
Bin ich wieder aufgewacht.
Ich setzte mich an den Frühstückstisch,
Der Kaffee war warm, die Semmel war frisch,
Ich habe die Morgenzeitung gelesen
(Es sind wieder Avancements gewesen).
Ich trat ans Fenster, ich sah hinunter,
Es trabte wieder, es klingelte munter,
Eine Schürze (beim Schlächter) hing über dem Stuhle,
Kleine Mädchen gingen nach der Schule, –
Alles war freundlich, alles war nett,
Aber wenn ich weiter geschlafen hätt
Und tät von alledem nichts wissen,
Würd es mir fehlen, würd ich's vermissen?

Was mir fehlte

Wenn andre Fortunens Schiff gekapert,
Mit *meinen* Versuchen hat's immer gehapert,
Auf halbem Weg, auf der Enterbrücke,
Glitt immer ich aus. War's Schicksalstücke?
War's irgend ein großes Unterlassen?
Ein falsches die Sach-am-Schopfe-fassen?
War's Schwachsein in den vier Elementen,
In Wissen, Ordnung, Fleiß und Talenten?
Oder war's – ach, suche nicht zu weit,
Was mir fehlte, war: Sinn für *Feierlichkeit*.

Ich blicke zurück. Gott sei gesegnet,
Wem bin ich nicht alles im Leben begegnet!
Machthabern aller Arten und Grade,
Vom Hof, von der Börse, von der Parade,
»Damens« mit und ohne Schnitzer,
Portiers, Hauswirte, Hausbesitzer,
Ich konnte mich allen bequem bequemen,
Aber feierlich konnt ich sie nicht nehmen.

Das rächt sich schließlich bei den Leuten,
Ein jeder möchte was Rechts bedeuten,
Und steht mal was in Sicht oder Frage,
So sagt ein Reskript am nächsten Tage:
»Nach bestem Wissen und Gewissen,
Er läßt doch den rechten Ernst vermissen,
Alle Dinge sind ihm immer nur Schein,
Er ist ein Fremdling, er paßt nicht hinein,
Und ob das Feierlichste gescheh,
Er sagt von jedem nur: ›Fa il Ré‹.«

Suche nicht weiter. Man bringt es nicht weit,
Bei fehlendem Sinn für Feierlichkeit.

Lebenswege

Fünfzig Jahre werden es ehstens sein,
Da trat ich in meinen ersten »Verein«.
Natürlich Dichter. Blutjunge Ware:
Studenten, Leutnants, Refrendare.
Rang gab's nicht, *den* verlieh das »Gedicht«,
Und *ich* war ein kleines Kirchenlicht.

So stand es, als Anno 40 wir schrieben,
Aber ach, wo bist du Sonne geblieben,
Ich bin noch immer, was damals ich war,
Ein Lichtlein auf demselben Altar,
Aus den Leutnants aber und Studenten
Wurden Genräle und Chefpräsidenten.

Und mitunter, auf stillem Tiergartenpfade,
Bei »Kön'gin Luise« trifft man sich grade.

»Nun, lieber F., noch immer bei Wege?«
»Gott sei Dank, Exzellenz, … Trotz Nackenschläge …«

»Kenn ich, kenn ich. Das Leben ist flau …
Grüßen Sie Ihre liebe Frau.«

Meine Gräber

Kein Erbbegräbnis mich stolz erfreut,
Meine Gräber liegen weit zerstreut,
Weit zerstreut über Stadt und Land,
Aber all in märkischem Sand.

Verfallene Hügel, die Schwalben ziehn,
Vorüber schlängelt sich der Rhin,
Über weiße Steine, zerbröckelt all,
Blickt der alte Ruppiner Wall,
Die Buchen stehn, die Eichen rauschen,
Die Gräberbüsche Zwiesprach tauschen
Und Haferfelder weit auf und ab, –
Da ist meiner Mutter Grab.

Und ein andrer Platz, dem verbunden ich bin:
Berglehnen, die Oder fließt dran hin,
Zieht vorüber in trägem Lauf,
Gelbe Mummeln schwimmen darauf.
Am Ufer Werft und Schilf und Rohr
Und am Abhange schimmern Kreuze hervor,
Auf eines fällt heller Sonnenschein, –
Da hat mein Vater seinen Stein.

Der dritte, seines Todes froh,
Liegt auf dem weiten Teltow-Plateau,
Dächer von Ziegel, Dächer von Schiefer,
Dann und wann eine Krüppelkiefer,
Ein stiller Graben die Wasserscheide,
Birken hier und da eine Weide,
Zuletzt eine Pappel am Horizont, –
Im Abendstrahle sie sich sonnt.

Auf den Gräbern Blumen und Aschenkrüge,
Vorüber in Ferne rasseln die Züge,
Still bleibt das Grab und der Schläfer drin, –
Der Wind, der Wind geht drüber hin.

Am Jahrestag
(27. September 1888)

Heut ist's ein Jahr, daß man hinaus dich trug,
Hin durch die Gasse ging der lange Zug,
Die Sonne schien, es schwiegen Hast und Lärmen,
Die Tauben stiegen auf in ganzen Schwärmen.
Und rings der Felder herbstlich buntes Kleid,
Es nahm dem Trauerzuge fast sein Leid,
Ein Flüstern klang mit ein in den Choral,
Nun aber schwieg's, – wir hielten am Portal.

Der Zug bog ein, da war das frische Grab,
Wir nächsten beide sahen still hinab,
Der Geistliche, des Tages letztes Licht
Umleuchtete sein freundlich ernst Gesicht,
Und als er nun die Abschiedsworte sprach,
Da sank der Sarg und Blumen fielen nach,
Spätrosen, rot und weiße, weiße Malven,
Und mit den Blumen fielen die drei Salven.

Das klang so frisch in unser Ohr und Herz,
Hin schwand das Leid uns, aller Gram und Schmerz,
Das Leben, war dir's wenig, war dir's viel?
Ich weiß das Eine nur, du bist am Ziel,
In Blumen durftest du gebettet werden,
Du hast die Ruh nun, Erde wird zu Erden,
Und kommt die Stund uns, dir uns anzureihn,
So laß die Stunde, Gott, wie diese sein.

Herr von Ribbeck auf Ribbeck im Havelland

Herr von Ribbeck auf Ribbeck im Havelland,
Ein Birnbaum in seinem Garten stand,
Und kam die goldene Herbsteszeit
Und die Birnen leuchteten weit und breit,
Da stopfte, wenn's Mittag vom Turme scholl,
Der von Ribbeck sich beide Taschen voll,
Und kam in Pantinen ein Junge daher,
So rief er: »Junge, wiste 'ne Beer?«
Und kam ein Mädel, so rief er: »Lütt Dirn,
Kumm man röwer, ick hebb 'ne Birn.«

So ging es viel Jahre, bis lobesam
Der von Ribbeck auf Ribbeck zu sterben kam.
Er fühlte sein Ende. 's war Herbsteszeit,
Wieder lachten die Birnen weit und breit,
Da sagte von Ribbeck: »Ich scheide nun ab.
Legt mir eine Birne mit ins Grab.«
Und drei Tage drauf, aus dem Doppeldachhaus,
Trugen von Ribbeck sie hinaus,
Alle Bauern und Büdner, mit Feiergesicht,
Sangen »Jesus meine Zuversicht«,
Und die Kinder klagten, das Herze schwer,
»He is dod nu. Wer giwt uns nu 'ne Beer?«

So klagten die Kinder. Das war nicht recht,
Ach, sie kannten den alten Ribbeck schlecht,
Der *neue* freilich, der knausert und spart,
Hält Park und Birnbaum strenge verwahrt,
Aber der *alte*, vorahnend schon
Und voll Mißtraun gegen den eigenen Sohn,
Der wußte genau, was damals er tat,

Als um eine Birn ins Grab er bat,
Und im dritten Jahr, aus dem stillen Haus,
Ein Birnbaumsprößling sproßt heraus.

Und die Jahre gehen wohl auf und ab,
Längst wölbt sich ein Birnbaum über dem Grab,
Und in der goldenen Herbsteszeit
Leuchtet's wieder weit und breit.
Und kommt ein Jung übern Kirchhof her,
So flüstert's im Baume: »Wiste 'ne Beer?«
Und kommt ein Mädel, so flüstert's: »Lütt Dirn,
Kumm man röwer, ick gew di 'ne Birn.«

So spendet Segen noch immer die Hand
Des von Ribbeck auf Ribbeck im Havelland.

Ja, das möcht ich noch erleben

Eigentlich ist mir alles gleich,
Der eine wird arm, der andre wird reich,
Aber mit Bismarck, – was wird das noch geben?
Das mit Bismarck, das möcht ich noch erleben.

Eigentlich ist alles soso,
Heute traurig, morgen froh,
Frühling, Sommer, Herbst und Winter,
Ach es ist nicht viel dahinter.
Aber mein Enkel, so viel ist richtig,
Wird mit nächstem vorschulpflichtig,
Und in etwa vierzehn Tagen
Wird er eine Mappe tragen,
Löschblätter will ich ins Heft ihm kleben –
Ja, das möcht ich noch erleben.

Eigentlich ist alles nichts,
Heute hält's und morgen bricht's,
Hin stirbt alles, ganz geringe
Wird der Wert der ird'schen Dinge;
Doch wie tief herabgestimmt
Auch das Wünschen Abschied nimmt,
Immer klingt es noch daneben:
Ja, das möcht ich noch erleben.

Verzeiht

Verzeiht den Anekdotenkram
Und daß niemals ich einen »Anlauf« nahm,
Auch niemals mit den Göttern grollte,
Nicht mal den Staat verbessern wollte,
Nicht mal mit »sexuellen Problemen«
Gelegenheit nahm mich zu benehmen.

Der faßt es so, *der* anders an,
Man muß nur wollen, was man kann,
Mir würde der Weitsprung nicht gelingen,
So blieb ich denn bei den näheren Dingen,
Drei Schritt bloß, – – ich weiß, es ist nicht viel,
Aber Freude gibt jedes erreichte Ziel.

Brunnenpromenade

Als ich ankam, Johannistag war grade,
Gleich ging ich auf die Brunnenpromnade,
Kaum wollt ich meinen Augen traun,
So viel des Herrlichen war da zu schaun,
Eine lange Reihe der schönsten Damen,
Wer zählt die Völker, wer nennt die Namen!

Eine ganz Teint und Taille war,
Aschblond das schlicht gescheitelte Haar,
Blendende Zähne, feines Kinn,
Typus einer Engländerin,
Aber solcher, die palankin-überdacht
Weit draußen ihre Tage verbracht,
In Hongkong oder Singapor
(Ihr Diener Malaie halb, halb Mohr),
Und neben ihr plaudert ein junger Lord
Von Lachsfang im Stavanger-Fjord,
Alles albionmäßig abgestempelt,
Die Beinkleider unten umgekrempelt.

Es plätschert der Springbrunn', es duften die Blumen,
Fremd blicken die Bonnen und Kindermuhmen,
Noch fremder die Ammen; die Badekapelle
Spielt eben eine Wagnerstelle,
Lohengrin-Arie, jetzt laut, jetzt leis,
Die Damen schließen einen Kreis,
Und in den Kreis, auf den Schlag des Gong,
Tritt jetzt die Schönheit der Saison.
Ihr Aug ist wie getaucht in Glut,
Rot ist ihr Kleid und rot ihr Hut,
Ein Hut, wie die Kirchenfürsten ihn tragen,

Breitkrempig, ein Schleier umgeschlagen,
Der Schleier *auch* rot, – am Arme Koralln,
Rot alles, worauf die Blicke falln,
Eine Römerin (flüstert man) soll es sein,
Andre sagen: aus Frankfurt am Main.

Und herwärts wogt es und wieder zurück,
Auf Wagner folgt ein ungrisch Stück,
Ein Czardas, und auf dem bewässerten Rasen
Blitzt es wie von Goldtopasen;
Überirdisch, ein paradiesisch Revier,
Und die Frage kommt mir: »Was willst *du* hier?«
Eine Freiin grüßt mich ... doch, wer sie nicht kennte,
Die Macht der höheren Elemente!

Nun ist die erste Woche dahin,
Verändert schon fühl ich Herz und Sinn,
Und eh eine zweite Woche vergangen,
Ist es nahzu vorbei mit meinem Bangen;
Mummenschanz alles und Fastnachtsorden,
Selbst der rote Hut ist mir komisch geworden,
Ob aus Rom oder Frankfurt, – ich seh in Ruh
Jetzt lieber dem Paukenschläger zu,
Der kränklich und mürrisch und doch begeistert
Auch Becken noch und Triangel meistert,
Zu Schemen ist plötzlich alles verschwommen,
Ich bin wieder zu mir selbst gekommen,
Und während mir Scheuheit und Demut entschlummern,
Zähl ich mich zu den »besseren Nummern«.

Für die Tombola des Pressefestes

Zu »Stine«

Will dir unter den Puppen allen
Grade »Stine« nicht recht gefallen,
Wisse, ich finde sie selbst nur soso, –
Aber die Witwe Pittelkow!

Graf, Baron und andre Gäste,
Nebenfiguren sind immer das Beste,
Kartoffelkomödie, Puppenspiel,
Und der Seiten nicht allzuviel.

Britannia an ihren Sohn John Bull

»Sohn, hier hast du meinen Speer,
Nimm dir viel und dann noch mehr;
Daß die Meere dir gehören,
Brauch ich dir nicht erst zu schwören,
Aber auch die Terrafirmen
Mußt du Christi willn beschirmen,
Christi willn und cottons wegen,
Our Navy gibt den Segen.
Denk und woll es nie vergessen:
Wo sie jetzt noch Menschen fressen
Und in ihren nackten Leibern
Tanzen mit noch nacktern Weibern,
Auch an solchen schlimmsten Stellen
Braucht man nächstens sieben Ellen.
Endlich muß die Stunde schlagen,
Wo auch *diese* Hosen tragen,
Und auf hundert Hosenpaare
Kommen funfzig Missionare,
Nebenher wird Gold gegraben, –
Andre mögen andres haben,
Andre mögen andres nehmen,
Und du darfst es nicht verfemen,
Wenn am Nordpol sie versaufen
Oder auch bloß Schlittschuh laufen.«

Neueste Väterweisheit

»Zieh nun also in die Welt,
Tue beharrlich, was dir gefällt,
Werde keiner Gefühle Beute,
Meide sorglich arme Leute,
Werde kein gelehrter Klauber,
Wissenschaft ist fauler Zauber,
Sei für Rothschild statt für Ranke,
Nimm den Main und laß die Panke,
Nimm den Butt und laß die Flunder,
Geld ist Glück und Kunst ist Plunder,
Vorwärts auf der schlechtsten Kragge,
Wenn nur unter großer Flagge.
Pred'ge Tugend, pred'ge Sitte,
Millionär ist dann das dritte,
Quäl dich nicht mit ›wohlerzogen‹,
Vorwärts mit den Ellenbogen
Und zeig jedem jeden Falles:
›*Du* bist nichts und *ich* bin alles.‹«

Mein Leben, ein Leben ist es kaum,
Ich geh durch die Straßen als wie im Traum.
Wie Schatten huschen die Menschen hin,
Ich selber ein Schatten dazwischen bin.
Und im Herzen tiefe Müdigkeit,
Alles mahnt mich, es ist Zeit.

O du wunderschöner Herbst,
Wie du die Blätter golden färbst,
Deiner reinen Luft, so klar und still,
Noch einmal ich mich freuen will.

Ich geh den Wald, den Weiher entlang,
Es schweigt das Leben, es schweigt Gesang,
Ich hemme den Schritt, ich hemme den Lauf,
Erinnerungen ziehen herauf.

Erinnerungen sehen mich an,
Haben es wohl auch sonst getan,
Nur eines hält nicht mehr damit Schritt,
Lachende Zukunft geht nicht mehr mit.

[»andre Fassung dieses Verses«:]
Vergangenheit hält mich in ihrem Bann,
Vergangenheit hat mir's angetan,
Den Blick in den Herbst, den hab ich frei,
Den Blick in den Herbst. Aber der Mai (?)

An Emilie
Zum 14. November 92

»Mai, Juni, Juli und August,
O wunderschöne Sommerlust«,
So hat einst Platen es drucken lassen,
Uns aber wollt es heuer nicht passen,
Mai, Juni, Juli und August
Lagen uns schwer auf Herz und Brust.

Nun haben wir, geliebte Frau,
Statt des Sommers wieder Novembergrau,
Novembergrau, das so schlimm nicht ist,
Schon schimmert herüber der Heilige-Christ,
Und hat noch den besonderen Wert,
Daß es mir *dich* in die Welt beschert.

Und ich wünsche, daß du darin noch bleibst,
Unlogisch weiter plauderst und schreibst,
Wie dir's gefällt, gefällt es mir eben,
Also wolle für mich noch weiter leben!

Land Gosen

Oft hör ich: »Unsre gute Stadt
Augenscheinlich eine Verheißung hat,
Der Himmel, der uns so hegt und pflegt,
Hat uns alles wie vor die Türe gelegt.«

Ja, ja, wir haben es leicht und bequem:
Im Brieselang Eichen, in Glindow Lehm,
In Rauen Kohlen, in Linum Torf,
Kalkgeschiebe bei Rüdersdorf,
Im Grunewald Schwarzwild, Hirsch und Reh,
Spargel en masse bei Halensee,
Dill und Morcheln und Teltower Rüben,
Oderkrebse hüben und drüben,
Auf dem Hohen Barnim Fetthammel-Herden
(Werden mit nächstem Southdowns werden),
Königshorster Butter, in Sperenberg Salz,
Im Warthebruch Gerste, Graupen und Malz,
In Kienbaum Honig, im Havelland Milch,
In Luckenwalde Tuch und Drillch,
Bei den Werderschen Kirschen und Aprikosen
Und bei Potsdam ganze Felder von Rosen.
Nichts entlehnt und nichts geborgt,
Für Großes und Kleines ringsum gesorgt,
Und gesorgt vor allem auch (und nicht schlecht)
Schon für unser kommendes Geschlecht, –
Des sind uns Gewähr unsre lieben, strammen
Und fast unmöglichen Spreewaldsammen.

Leben; wohl dem, dem es spendet
Freude, Kinder, täglich Brot,
Doch das Beste, was es sendet,
Ist das Wissen, daß es endet,
Ist der Ausgang, ist der Tod.

»Immer eigensinniger und verstockter
Wirst du, ... so frage doch den Dokter,
So lange man lebt, muß man doch leben,
Du hustest, ’s muß doch am Ende was geben,
Einen Brunnen, ein Bad, eine Medizin,
Sulfonal oder Antipyrin,
Massage, Kneipp, Kaltwasserkur,
Versuch doch irgend etwas nur,
Davos oder Nizza, Sylt oder Föhr,
Oder bloß auch Mampes Magenlikör.«

So stürmt es zu Zeiten auf mich ein,
Ich nehm es hin, ich steck es ein,
Ich denke der Szene, die jahrauf, jahrab
Ich halbjährlich mit meinem Schuhmacher hab,
Ich zeig ihm dann ein Stiefelpaar,
Das in Ehren gedient seit manchem Jahr,
Und will ihn, während Zigarren glimmen,
Zu ’nem Riester für den Stiefel bestimmen.
Er aber dreht bloß hin und her
Den Stiefel und lächelt: »Wirklich, es lohnt sich
nicht mehr.«

Berliner Landpartie

Ein Vergnügen eigner Art
Ist doch eine Wasserfahrt,
Und ein Vergnügen (frage nicht wie)
Ist eine Berliner Landpartie.
Vorortszug mit einem Bremser,
Droschke, Dampfschiff oder Kremser,
Fahnen, rote, blaue, gelbe,
Das Vergnügen ist dasselbe,
Welches Bild schon unterweges,
Welche Fülle goldnen Seges,
Goldner Sand in weitem Kreise,
Bahndamm, Schienen und Geleise,
Pfiff, Geklingel, Klapptrompete,
Lange, lange Spargelbeete,
Nicht mehr Köpfe, nicht mehr Sprossen,
Längst in Samen aufgeschossen,
Staub und Qualm und Hochstrom (?) ah,
Ah nun kommt's, nun sind wir da.

Lange Reihen Tische, Tische,
Neu gestrichen, welche Frische,
Freilich etwas terpentinen,
Aber dafür welche Mienen,
Alles atmet tiefen Frieden,
Und zu stören diesen Frieden
Ist dem Platz hier heut beschieden.
Kaffee! Kellner, drei Portionen,
O wie lieblich hier zu wohnen,
O wie weht die Luft hier freier,
Und der Teich da und der Weiher
Und das liebe Schwanenhaus,

Enten fahren ein und aus,
Still die Kegelkugeln liegen,
Dicht sich aneinander schmiegen,
Und das Sandfeld, daß sich's verjüngt,
Eben wird es stark gedüngt,
Und der Luftzug drüber, drüber
Trägt die Luft zu uns herüber.
Und nun kommt der Kellner Töffel,
Dicke Tassen, Nickel-Löffel,
Einige dünn und vorwurfsfrei,
Andre noch mit etwas Ei.
Drei Stück Zucker pro Person,
Und der Deckel klappert schon.
Mokka, Java sind Nationen,
Die weit auf dem Monde wohnen,
Mutter rechnet, die zu sparen liebt,
Ob es was zu retten gibt.
Laura möchte Wasserfahren,
Doch mit aufgelösten Haaren,
Hedwig mit den dünnen Ärmen,
Hedwig möcht im Walde schwärmen,
Hugo will den Wald genießen,
Hermann nach der Scheibe schießen,
Mutters Lippe zieht sich schief,
Ach sie kennt den Schlußtarif,
Vater hat ein Herz genommen,
Läßt sich einen Cognac kommen,
Vater winkt den Kellner her,
Zahlt ihm 15 Pfennig mehr,
Ein' Moment, wo Mutter nicht aufgepaßt,
Hat er glücklich erpaßt.
Unter Gähnen, Mückenmorden
Ist es endlich sieben geworden,
Mutter macht sich schon bereit,
Mann, ich denk, es ist nu Zeit,
Möchte gern noch länger bleiben,

Doch man muß nicht übertreiben,
Wenn am höchsten der Genuß,
Allemal man schließen muß,
Darin bin ich großgezogen
Und es hat mich nie betrogen.
Alle haben Rückfahrtskarten,
Alle müssen deshalb warten,
9 Uhr geht der nächste Zug,
9 Uhr ist auch früh genug,
9 1/2, da landen sie, –
War Berliner Landpartie.

Drehrad

Heute, Sonntag, hat einer ein Lied gedichtet,
Morgen, Montag, wird wer hingerichtet,
Dienstag verdirbt sich ein Prinz den Magen,
Mittwoch wird eine Schlacht geschlagen,
Donnerstag habe ich Skatpartie,
Freitag stirbt ein Kraftgenie,
Samstag wird überall eingebrochen,
Und so geht es durch viele Wochen:
Bilder, blaue, rote, gelbe,
Aber der Inhalt bleibt derselbe.

Tu ich einen Spaziergang machen

Tu ich einen Spaziergang machen,
Beschäft'gen mich immer allerlei Sachen.
In das Kommende sich versenken,
Tod und Sterben überdenken,
Gibt es so was wie Fortschritt auf Erden,
Oder werden wir alle russisch werden,
Sollen wir was für den Himmel tun,
Alle diese Fragen ruhn,
Immer nur allerkleinste Sachen
Dürfen einen Anspruch machen.
Warum sind Müllers ausgeblieben?
Warum hatte Schulze nicht geschrieben?
Werd ich der Meyer im Park begegnen?
Wird es schön Wetter oder wird es regnen?
Und im immer weitern Schreiten
Wechseln so die Nichtigkeiten.

Summa summarum
oder
Alles in allem

Eine kleine Stellung, ein kleiner Orden
(Fast wär ich auch mal Hofrat geworden),
Ein bißchen Namen, ein bißchen Ehre,
'ne Tochter »geprüft«, ein Sohn im Heere,
Mit 70 'ne Jubiläumsfeier,
Artikel in Brockhaus und in Meyer.
Altpreußischer Durchschnitt. Summa Summarum,
Es drehte sich alles um Lirum Larum,
Um Lirum, Larum Löffelstiel,
Alles in allem, es war nicht viel.

Umsonst

Immer rascher fliegt der Funke,
Jede Dschunke und Spelunke
Wird auf Wissenschaft bereist,
Jede Sonne wird gewogen,
Und in Rechnung wird gezogen,
Was noch sonnenjenseits kreist.

Immer höhre Wissenstempel,
Immer richt'ger die Exempel,
Wie Natur es draußen treibt,
Immer klüger und gescheiter,
Und wir kommen doch nicht weiter,
Und das Lebensrätsel bleibt.

An Emilie

Ein Bon als Weihnachtsgeschenk 1893

Unter einem Pappendeckel,
Der mein »Arnheim«, liegt mein Säckel;
Diesen dir bekannten Kasten
Kannst du jederzeit entlasten,
Aber, bitt ich untertänig,
Wenn es sein kann, nimm nur wenig.

Als ich 75 wurde
An meinem 75ten

Hundert Briefe sind angekommen,
Ich war vor Freude wie benommen,
Nur etwas verwundert über die Namen
Und über die Plätze, woher sie kamen.

Ich dachte, von Eitelkeit eingesungen:
Du bist der Mann der »Wanderungen«,
Du bist der Mann der märk'schen Geschichte,
Du bist der Mann der märk'schen Gedichte,
Du bist der Mann des Alten Fritzen
Und derer, die mit ihm bei Tafel sitzen,
Einige plaudernd, andre stumm,
Erst in Sanssouci, dann in Elysium,
Du bist der Mann der Jagow und Lochow,
Der Stechow und Bredow, der Quitzow und Rochow,
Du kanntest keine größren Meriten
Als die von Schwerin und vom alten Zieten,
Du fandst in der Welt nichts so zu rühmen
Als Oppen und Groeben und Kracht und Thümen,
An der Schlachten und meiner Begeisterung Spitze
Marschierten die Pfuels und Itzenplitze,
Marschierten aus Uckermark, Havelland, Barnim,
Die Ribbecks und Kattes, die Bülow und Arnim,
Marschierten die Treskows und Schlieffen und Schlieben,
Und über alle hab ich geschrieben.

Aber die zum Jubeltag da kamen,
Das waren doch sehr sehr andre Namen,
Auch »sans peur et reproche«, ohne Furcht und Tadel,
Aber fast schon von prähistorischem Adel:

Die auf »berg« und auf »heim« sind gar nicht zu fassen,
Sie stürmen an in ganzen Massen,
Meyers kommen in Bataillonen,
Auch Pollacks und die noch östlicher wohnen;
Abram, Isack, Israel,
Alle Patriarchen sind zur Stell,
Stellen mich freundlich an ihre Spitze,
Was sollen mir da noch die Itzenplitze!
Jedem bin ich was gewesen,
Alle haben sie mich gelesen,
Alle kannten mich lange schon,
Und das ist die Hauptsache ..., »kommen Sie, Cohn«.

Veränderungen in der Mark
Die Mark und die Märker
(390. 1890)

Waren's Germanen, waren's Teutonen,
Spreeaufwärts saßen die Semnonen,
Schopfhaarige hohe Menschengebilde,
Sechs Fuß sie selber und sieben die Schilde.

Neben ihnen, in Höfen und Harden,
Saßen elbwärts die Langobarden,
Saßen von Laub und Kränzen umwunden
Oderwärts die blonden Burgunden,
Saßen am Bober, in Kotten und Kralen,
Zechend und streitend die Vandalen,
Saßen am Saalfluß, auf Wiesen und Fluren,
Den Kreis abschließend, die Hermunduren.

Aber Semnonen, Burgunden, Vandalen,
Alle mußten der Zeitlichkeit zahlen,
Langobarden und Hermunduren,
Alle nach Wallhall aufwärts fuhren; –
Bis hin vor die Welten-Esche sie ziehn,
Da lagern sie sich um Vater Odin.
        Tick, tick,
Tausend Jahre sind ein Augenblick!

Und als nun Bismarck den Abschied nahm,
Eine Sehnsucht über die Märkischen kam,
Und sie sprachen: »Herr, laß uns auf Urlaub gehn,
Wir möchten die Spree mal wieder sehn,
Die Spree, die Havel, die Notte, die Nuthe,
Den ›kranken Heinrich‹, die Räuberkute,
Wir sind unsrer fünf, und haben wir Glück,
Bis Donnerstag sind wir wieder zurück.«

Odin hat huldvoll sich verneigt; –
Alles zur Erde niedersteigt.

Und zunächst in der Neumark, in Nähe von Bentschen,
Landen sie. »Himmel, was sind das für Menschen.«
Und als sie kopfschüttelnd sich weiter schleppen,
Bis Landsberg, Zielenzig, bis Schwiebus und Reppen,
Spricht einer: »Laßt uns mehr westwärts ziehn.«
Und so westwärts kommen sie nach Berlin.
Am Tore rücken sie sich stramm,
Erst Neuer Markt, die Börse, Mühlendamm,
Dann Spandauer- und dann Tiergartenstraße, –
Wohin sie kommen, dieselbe Raçe.

Sie kürzen freiwillig den Urlaub ab,
In wilde Carrière fällt ihr Rückzugstrab,
Ihr Rücktritt ist ein verzweifeltes Fliehn,
»Wie war es?« fragt teilnahmvoll Odin,
Und der Hermundure stottert beklommen:
»Gott, ist *die* Gegend runtergekommen.«

Seifenblasen

Kinder, ihre Lust zu zeigen,
Ließen Seifenblasen steigen,
Wie das schimmert im Sonnenschein,
Ein'ge groß und ein'ge klein.
Die geblasen mit Durchschnitts-Munde,
Hielten sich eine volle Sekunde,
Mehrere aber waren dabei,
Ja das hielt sich bis zu zwei.
Eine stieg so hoch wie das Haus,
Da stieß sie an, da war es aus.

In der Koppel

Vom Bahnhof bis in das nächste Dorf,
Durchs Luch hin, zwischen Gras und Torf,
Zwischen Ellern und Weiden, hellen und dunkeln,
Zwischen rotem Ampfer und gelben Ranunkeln,
Läuft heute, hell im Sonnenstrahl,
Der elektrische Bahnzug zum ersten Mal.
Kein Mann am Ventil, am Wasserhahne,
Kein grauer Qualm, keine schwarze Fahne,
Kein Husten und Prusten, sonnenbeschienen
Gleitet der Wagenzug über die Schienen.
Sonnenbeschienen und still und stumm,
In der Koppel die Pferde sehen sich um,
Und das junge Volk, es drängt sich dicht
An die Hürde heran, und eines spricht:
Onkel spricht immer von unsrer traurigen Lage,
Sie sei so traurig, nichts wie Plage,
Wir müßten uns quälen, wir müßten uns schinden,
Ich kann unsre Lage so traurig nicht finden.
Frühling, Sommer haben wir diese Koppel,
Im Herbste haben wir Halm und Stoppel,
Und wenn sie beständig so weiterbaun
Und zwischen Rathenow, Friesack und Naun
Immer so ruhig weiterfahren,
So können wir jede Sorge uns sparen,
Worüber Onkel immer brummt,
Gibt's kein Geschirr mehr und kein Kumt,
Onkel ist spack und verdrießlich geworden
Und denkt bloß immer, sie wollen uns morden.

Als das Fohlen so sprach in seinem Kreise,
Nähert von links her ein Wallach sich leise,

Das war der Onkel. Der sprach: Ihr all beid,
Ihr seid jung und dumm und wißt nicht Bescheid.
Als der Dampfzug kam, war das ein Hallo,
Da dacht ich als Fohlen ebenso:
»Nun wird es besser, nun ausgehalten«,
Aber schließlich blieb alles beim alten,
Unser Unglück ist, wir passen ihnen,
Da müssen wir immer weiter dienen
In hunderttausend dummen Sachen,
Draus Pferd und Wallach sich gar nichts machen,
Wenn sie Hasen oder Füchse jagen,
Müssen wir grade wie sonst uns plagen,
Wenn sie wetten und mit ihrem Hopphopp prahlen,
Wir müssen wie früher die Zeche bezahlen,
Und wenn sie mogeln und dann sich streiten,
Müssen wir nach wie vor die Attacke reiten,
Und werden wir steif, bleibt's nach wie vor faul,
Unser letztes ist immer Droschkengaul.

Die Balinesenfrauen auf Lombok

Unerhört,
Auf Lombok hat man sich empört,
Auf der Insel Lombok die Balinesen
Sind mit Mynheer unzufrieden gewesen.

Und die Mynheers faßt ein Zürnen und Schaudern,
»Aus mit dem Brand, ohne Zögern und Zaudern«,
Und allerlei Volk, verkracht, verdorben,
Wird von Mynheer angeworben,
Allerlei Leute mit Mausergewehren
Sollen die Balinesen bekehren,
Vorwärts, ohne Sinn und Plan,
Aber auch planlos wird es getan,
Hinterlader arbeitete gut,
Und die Männer liegen in ihrem Blut.

Die Männer. Aber groß anzuschaun
Sind da noch sechzig stolze Fraun,
All eingeschlossen zu Wehr und Trutz
In eines Buddha-Tempels Schutz.
Reichgekleidet, goldgeschmückt,
Ihr jüngstes Kind an die Brust gedrückt,
Hochaufgericht't eine jede stand,
Den Feind im Auge, den Dolch in der Hand.

Die Kugeln durchschlagen Trepp und Dach,
»Wozu hier noch warten, feig und schwach?«
Und die Türen auf und hinab ins Tal,
Hoch ihr Kind und hoch den Stahl
(Am Griffe funkelt der Edelstein),
So stürzen sie sich in des Feindes Reihn.

Die Hälfte fällt tot, die Hälfte fällt wund,
Aber jede will sterben zu dieser Stund,
Und die Letzten, in stolzer Todeslust,
Stoßen den Dolch sich in die Brust.

Mynheer derweilen, in seinem Kontor,
Malt sich christlich Kulturelles vor.

Luren-Konzert

In Kopenhagen, groß und gesperrt,
Am Saal-Eingange stand: *Luren-Konzert.*

Und an meinen Gastfreund jener Tage
Richte voll Neugier ich die Frage:
»Sage, was meint das? Bis Fausts Lemuren
Reicht es gerade. Doch was sind Luren?«

»Luren, in Tagen der Goten und Geten,
Hießen unsre Nordlands-Trompeten,
Hörner waren's, von sieben Fuß Länge,
Schlachtruf waren ihre Klänge,
Die Luren, lange vor Gorm dem Alten,
Übers Moor und über die Heide schallten …
  Wo der Steindamm sich hinzieht, stieben die Funken,
  In den Sumpf ist Roß und Troß versunken,
  Und versunken, unter die Binsen und Gräser,
  Waren zuletzt auch die Lurenbläser.
  Da lagen sie. Bis zu zweitausend Jahren
  Sind Nebel und Wind drüber hingefahren,
  Eines Tags aber grub man und Schwert und Knauf
  Und die Luren auch stiegen wieder herauf,
  Herauf aus dem Moorgrund unterm Rasen,
  Und auf diesen Luren wird heute geblasen.«

Ein tret ich. Im Saal, an Estrad und Wand,
Sitzen schöne Frauen, die Fächer in Hand;
Luftig die Kleider, kokett die Hüte,
Vorn an der Brust eine Heidekrautblüte,
So sitzen sie da; Lorgnon und Gläser
Richten sich auf die Lurenbläser.

Das sind ihrer drei. Blond-nordisch ihr Haar,
Keiner über dreißig Jahr,
An die Brüstung jetzt sind sie herangetreten,
Hoch heben sie langsam ihre Trompeten,
Und die Luren, so lang in Tod gebunden,
Haben aufs neue Leben gefunden.

Es fallen die Schwerter, es klappen die Schilde,
Walküren jagen, es jagt Brunhilde,
Von der Toten hochaufgetürmtem Wall
Aufwärts geht es nach Walhall.

Und nun verklingt es; die Köpfe geneigt,
Lauscht noch alles, als alles schon schweigt.

Draußen am Eingang, groß und gesperrt,
Las ich noch einmal: *Luren-Konzert.*

Arm oder reich

»Sagen Sie, sind Sie dem lieben Gold
In der Tat so wenig hold,
Blicken Sie wirklich, fast stolz, auf die Hüter
Aller möglichen irdischen Güter,
Ist der Kohinoor, dieser ›Berg des Lichts‹,
Ihnen allen Ernstes nichts?«

So stellen zu Zeiten die Fragen sich ein,
Und ich sage dann »ja« und sag auch »nein«.

Wie meistens hierlandes die Dinge liegen,
Bei dem Spatzenflug, den unsre Adler fliegen
(Nicht viel höher als ein Scheunentor),
Zieh ich das Armsein entschieden vor.

Dies Armsein ist mir schon deshalb genehmer,
Weil für den Alltag um vieles bequemer.
Von Vettern und Verwandtenhaufen
Werd ich nie und nimmer belaufen,
Es gibt – und dafür will Dank ich zollen –
Keine Menschen, die irgend was von mir wollen,
Ich höre nur selten der Glocke Ton,
Keiner ruft mich ans Telephon,
Ich kenne kein Hasten und kenne kein Streben
Und kann jeden Tag mir selber leben.

Und doch, wenn ich irgend etwas geschrieben,
Das, weil niemand es will, mir liegen geblieben,
Oder wenn ich Druckfehler ausgereutet,
Da weiß ich recht wohl, was Geld bedeutet,
Und wenn man trotzdem, zu dieser Frist,

Den Respekt vor dem Gelde bei mir vermißt,
So liegt das daran ganz allein:
Ich finde die Summen hier immer zu klein.

Was, um mich herum hier, mit Golde sich ziert,
Ist meistens derartig, daß mich's geniert;
Der Grünkramhändler, der Weißbierbudiker,
Der Tantenbecourer, der Erbschaftsschlieker,
Der Züchter von Southdownhammelherden,
Hoppegartenbarone mit Rennstallpferden,
Wuchrer, hochfahrend und untertänig –
Sie haben mir alle viel viel zu wenig.

Mein Intresse für Gold und derlei Stoff
Beginnt erst beim Fürsten Demidoff,
Bei Yussupoff und bei Dolgorucky,
Bei Sklavenhaltern aus Süd-Kentucky,
Bei Mackay und Gould, bei Bennet und Astor,
– Hierlandes schmeckt alles nach Hungerpastor –
Erst in der Höhe von Van der Bilt
Seh ich *mein* Ideal gestillt:
Der Nil müßte durch ein Nil-Reich laufen,
China würd ich meistbietend verkaufen,
Einen Groß-Admiral würd ich morgen ernennen,
Der müßte die englische Flotte verbrennen,
Auf daß, Gott segne seine Hände,
Das Kattun-Christentum aus der Welt verschwände.
So reich sein, *das* könnte mich verlocken –
Sonst bin ich für Brot in die Suppe brocken.

Meine Reiselust
(früher und jetzt)

»Auf, hinaus in die weite Welt«,
Drauf war mir ehdem der Sinn gestellt,
Mehr als Weisheit aller Weisen
Galt mir reisen, reisen, reisen;
Tsad-See, Kongo, Land der Zwerge,
Kapstadt und die Tafelberge,
Zulus, Nigger mit dickem Flunsche,
Mongolen umfaßt ich mit gleichem Wunsche,
Und Bürgers Lenore mit fliegenden Haaren,
Die so romantisch ums Morgenrot gefahren,
Ob *mit* ihm, ob *ohne*, – daß einer so fährt,
Erschien mir allein schon beneidenswert.
(Freiligrath und den »Löwenritt«
Nahm ich so nebenher noch mit.)
Nach Salas y Gomez wurd ich getrieben,
Wo der Mann die drei Schiefertafeln geschrieben.

Jetzt zwischen Link- und Eichhornstraße
Meß ich meine bescheidenen Maße,
Höchstens bis Königin Luise
Wag ich mich vor, umschreitend diese,
Bleib dann ein Weilchen noch in dem Bereiche
Des Floraplatzes am Goldfischteiche.
Der Wrangelbrunnen bleibt mir zur Linken,
Rechtsher seh ich Goethe winken.
Zuletzt dann vorbei an der Bismarckpforte
Kehr heim ich zu meinem alten Orte,
Zu meiner alten Dreitreppen-Klause,
Hoch im Johanniterhause. –
Schon seh ich grüßen, schon hör ich rufen –
Aber noch 75 Stufen.

Zeitung

Wie mein Auge nach dir späht,
Morgens früh und abends spät.

Die besten Plätze sind alle leer,
Was noch lebt, gefällt mir nicht mehr.

Aber wie sie mogeln und sich betören,
Davon mag ich noch gerne hören,

Wie sie sich zanken und sich verhetzen,
Ist mir gar nicht zu ersetzen,

Stöcker, Hammerstein, Antrag Kanitz,
Edler zu Putlitz und Edler von Planitz,

Liu-Tang und Liu-Tschang,
Christengemetzel am Yang-tse-Kiang.

Wie sie mogeln und sich betören,
Davon will ich tagtäglich hören,

Und will mir, wenn sie ganz arg es treiben,
Vor Vergnügen die Hände reiben,

Und will aus dem Leitartikel erfahren
Die Gedanken des Sultans oder des Zaren.

Vielleicht entbehrt es des rechten Lichts,
Aber enfin, das schadet nichts,

Im ganzen ist es doch immer noch besser
Als ein Weisheitsschnitt mit eigenem Messer,

Und nichts kann mich so tief empören,
Als auf Zeitungsschreiber schimpfen zu hören.

Da stehn sie mit hochgetragenen Nasen,
»Aus deiner Zeitung? das sind ja Phrasen«,

Die Kerle, die's schreiben, halb Füchse, halb Hasen,
Und was sie schreiben, sind elende Phrasen.

Aber nimm uns die Phrasen auch nur auf drei Wochen,
So wird der reine Unsinn gesprochen.

Und du, du suchst zwar krampfhaft zu lachen,
Du würdest keine Ausnahme machen.

Die Geschichte vom kleinen Ei
(Märkisches)

Die Gräfin und ihr fünfzehnjähriger Sohn,
Auch zwei Komtessen halb erwachsen schon,
Sie sollen fort, bis Capri, bis Sorrent,
Und wenn zu heiß es dann vom Himmel brennt,
Dann rasch zurück nach Schweiz und Interlaken,
Denn mit poor Alfred hat es einen Haken:
Er hustet, – und so viel hängt an dem Jungen,
Und wenn's das Herz nicht ist, so sind's die Lungen.

An fährt die Kutsche. Vor dem Erdgeschoß
Stehn sieben Koffer, – einer ein Koloß,
Und was von Hausgesind das Schloß umfängt,
Es hat voll Eifer sich herangedrängt.
Ein alter Diener (Erbstück) in Gamaschen
Bringt immer neue Plaids und Reisetaschen;
Die Kammerjungfer schluchzt, der Kandidat
Gibt für Verona seinen Reiserat
Und mahnt ein wenig schelmisch die Komtessen,
Das »Grab der Julia« ja nicht zu vergessen;
Ernst aber steht am Schlag der alte Graf, –
Ob ihn der Abschied allzu schmerzlich traf? –
Er hält nicht viel von Bahn- und Gasthofstreiben,
Ich glaube fast, ihm paßt's, zu Haus zu bleiben;
Daneben aber tut er, was er muß:
Er spart nicht Händedruck, nicht Abschiedskuß,
Klappt in die Höh der Kutsche Lederdach,
»A rivederci!« ruft er ihnen nach, –
Er hatte sich sprachlustig mitbeschäftigt,
Als sich die Damen für Sorrent gekräftigt.

Nun sind sie fort. Im Vorflur ist es warm,
Der Graf ergreift des Kandidaten Arm
Und sagt, in heitrem Auf- und Niederschreiten:
»Ja, lieber Porst, nun kommen schlimme Zeiten,
Der Doktor hat von Ende Herbst gesprochen,
Das gibt für Sie sehr lange Ferienwochen,
Vielleicht *zu* lang; *ich* muß im Reichstag sein,
Dann sitzen Sie hier mutterwindallein;
Ich weiß nicht, ob Stillsitzen Ihnen paßt,
Dreivierteljahr, die Länge hat die Last;
Ich für mein Teil, ich hätte nichts dagegen,
Wenn Sie sich ausruhn wolln und etwas pflegen,
Vielleicht zu Haus, in Vaters Försterei
Mit Stadt- und Kloster Lindow dicht dabei.«

»Verzeihn, Herr Graf, indessen steht's bei *mir*,
Trotz Elternhaus, ich bleib am liebsten hier;
Ich hab hier meine Bücher, meine Sachen,
Will, wenn es sein kann, meinen Doktor machen;
Hab auch Verkehr hier, alt und junge Leute,
Den Pastor morgen und den Lehrer heute,
Kann mit dem Gärtner pflanzen und begießen,
Kann mit dem Jäger einen Hasen schießen,
Und kommt's zum Schlimmsten, geh ich in den Krug,
Bestell ein Seidel mir und rede klug,
Wie man's so tut, von Rüben und von Raps,
– Der Krüger freilich ist halb Taps, halb Flaps,
Allein die Frau, die geht, die kann ich leiden,
Ist jedenfalls die Klügre von den beiden,
Ein bißchen *nach* sich, sparsam und genau,
Doch immerhin 'ne nette märk'sche Frau.«

»Nun, lieber Porst, mir recht. Und 's wird schon gehn –
Nur immer 'n bißchen nach dem Rechten sehn;
Und wenn im Reichstag mal ein Ruhtag ist,
So komm ich, und wir haben unsern Whist;

Man muß sich schließlich auch einmal was gönnen,
Und unser Dritter, – nu, der wird schon können.«

Und so kam Mai. Der Fink im Walde schlug,
Porst ging spazieren oder saß im Krug,
Meist plaudernd mit des Krügers muntrer Frau
Von Margarine, Butter, Mastviehschau,
Von Wollmarkt und wie gut der Roggen stünde, –
Das ew'ge Klagen sei doch fast 'ne Sünde.
»Das find ich auch und sag es jeden Morgen;
Die Wirtschaft, ach, ich hab ganz andre Sorgen,
Die Jungen wachsen ran, die richt'gen Rangen,
Mit unserm Willem is nichts anzufangen:
Der Jung ist faul, für gar nichts hat er Sinn, –
Ganz wie sein Vater dröhmt er bloß so hin, –
Und 's Rechnen wird ihm alle Tage schwerer, –
Ich habe schon gedacht ... vielleicht der Lehrer?«

»Wohl möglich, Frau; doch wie's damit auch sei,
Da hilft sich's schon ohn große Hexerei,
Latein, Geschichte werd *ich* mit ihm treiben,
– Kann er denn schon 'nen deutschen Aufsatz schreiben?
Und wenn auch nicht, so viel versprech ich Ihnen,
Er soll, zum mindsten, nicht drei Jahre dienen.«

Und wie versprochen, gleich am andern Tag
Tritt Porst ins Zimmer, mit dem Glockenschlag;
Und weiter so, – nie läßt er lange warten, –
Er kommt mit Zumpt, mit Lexikon und Karten,
Und was das Best (im Busen wird es helle),
Der Junge kommt auch wirklich von der Stelle!
Lernt »Tabakspfeife«, »Bürgschaft«, Gellerts Fabeln,
Unregelmäß'ge Verben und Vokabeln,
Lernt piper und papaver und auf is,
Was masculini generis.

Und eines Tages, nicht mehr allzu früh
(... »er bleibt *zu* lange, gibt sich *zu* viel Müh«),
Erscheint beim Unterricht die Krügerin
Und stellt vor Porst 'nen Eierbecher hin,
'nen Eierbecher, drin ein kleines Ei,
Ganz klein, die dünne Schale schon entzwei.
Porst lächelt, nimmt's und ißt's in guter Ruh;
Die Krügrin lächelt auch, und sieht ihm zu.

Vergangen sind an zweiundzwanzig Jahr,
Der Kandidat Konsistorialrat war,
Hofprediger, Generalsuprintendent,
Ein großer Stern am preuß'schen Firmament.
Und heut vom Königsschloß her, klar und munter,
Kommt er den breiten Opernplatz herunter,
Und an der Neuen Wache, glau und schlau,
Wer will an ihm vorbei? – die Krügersfrau.

Die Schritte hemmt er. »Ei, Frau Krüg'rin, ei,
Hübsch stillgestanden, nicht so stolz vorbei!
Was macht der Mann? Was ist im Schlosse los?
Der Graf, ich weiß, war letzthin in Davos;
Und Willem; wenn nicht avanciert er ist,
Der ist nun wohl schon lange Reservist?«

»Gott, Gott! mir zittern ordentlich die Knie,
Herr Kandidat, jetzt erst erkenn ich Sie,
Sonst war Ihr Rock so weit und so bequem,
Sie sind nicht mehr so spillrig wie vordem.
Und was mein Mann, mit *dem* wird's immer schlimmer,
Er sitzt so rum und raucht und schläft noch immer;
Uns' Willem aber, *dem* geht's gut genug,
Wir sind im Altenteil, *er* hat den Krug;
Vorm Haus die Linde hat er eingeschient,
Und hat auch wirklich nur *ein* Jahr gedient.

Gott, manchmal denk ich noch an all die Sachen,
’s mußt Ihnen doch ’ne rechte Freude machen;
Die Gräfin kam ja Neujahr erst zurück,
Da war das mit dem Willem doch ein Glück,
Und gab ein bißchen doch für Sie zu tun,
Statt so den ganzen Tag sich auszuruhn.
Und einmal als die Stunde schon vorbei …
Sie nicken … ach, Sie wissen schon … das Ei.«

Wo Bismarck liegen soll

Nicht in Dom oder Fürstengruft,
Er ruh in Gottes freier Luft
Draußen auf Berg und Halde,
Noch besser tief, tief im Walde;
Widukind lädt ihn zu sich ein:
»Ein Sachse war er, drum ist er *mein*,
Im *Sachsenwald* soll er begraben sein.«

Der Leib zerfällt, der *Stein* zerfällt,
Aber der Sachsenwald, der hält,
Und kommen nach dreitausend Jahren
Fremde hier des Weges gefahren
Und sehen, geborgen vorm Licht der Sonnen,
Den Waldgrund in Epheu tief eingesponnen
Und staunen der Schönheit und jauchzen froh,
So gebietet einer: »Lärmt nicht so; –
Hier unten liegt Bismarck irgendwo.«

Gruss an Autographensammler

Jeden Morgen (auch wohl, daß es zweimal sich traf)
Fordert ein Gönner 'nen Autograph.
Ich schreib auch gleich ohne langes Besinnen,
Denn der Gönner meiste sind Gönnerinnen.
So komm ich im Jahr auf mehrere Hundert,
Von jedem einzelnen ward ich bewundert,
Ein'ge von ganz fanatischem Wesen
Haben »Sämtliches« gelesen,
Das gibt, rechn ich zehn Jahr zurück,
Dreitausendsechshundertundfünfzig Stück,
Dreitausendsechshundertundfünfzig Bände
Von jedem Roman, – – Wenn's doch so stände!

Was ich wollte, was ich wurde

Was ich mal wollte, was ich dann wurde,
Manchmal grenzt es ans Absurde.
Sprachen sprechen, tutti quanti,
Wollt ich à la Mezzofanti,
Reisen zum Chan zu zwei oder solo
Wollt ich mindestens wie Marco Polo,
Dazu dichten im Stile Dantes,
Prosa schreiben wie Cervantes
Und gemäß dem Schillerschen »Blonden«
Mein Aug erheben zu Kunigonden.
In Dichtung, in Liebe, wie die meisten,
Wünscht ich Erhebliches zu leisten.

All das wollt ich. Aber zur Zeit
Ach, wie bin ich davon so weit!
Leben zwingt uns, die Segel zu reffen,
Sechse treffen, sieben äffen.
Sprachen? An »comment portez-vous«
Reiht sich schüchtern »how do you do«.
Reisen? Zwischen Treptow und Stralau
Fährt mein Kahn. Den Rest tut Kalau.
Aus den erträumten Orgelakkorden
Ist ein Tipptipp am Spinett geworden.

Anhang

Nachwort

Fontanes Renommee ist gemeinhin mit dem Zyklus seiner Romane und den »Wanderungen durch die Mark Brandenburg« verbunden, denen man verständlicherweise auch die versifizierte Geschichte von dem Birnbaum im Park von Ribbeck zuordnet. Vom Kriegshistoriker und vom Theaterkritiker weiß man meist nicht allzuviel, und daß der Reiseberichterstatter und Erzähler, der Bühnenreferent und Publizist seine vielgestaltige literarische Tätigkeit lebenslang und passioniert auf einem »Nebenzweig« – nämlich mit Gedichten – begleitet hat, ist noch weniger im allgemeinen Bewußtsein. Und doch fließt ein lyrischer Strom fast unvermindert durch die sechs Jahrzehnte seines Schaffens, und Fontane sah sein literarisches Nachleben kurioserweise sogar ausschließlich auf die Goldkörner in diesem Fluß gegründet.

Schon der Neunjährige versucht sich an einem Geburtstagscarmen für den verehrten Papa und reimt, wenig schmeichelhaft, »Kater« auf »Vater«, was Lehrer Lau wenigstens in »Stadtberater« mildert. Und wenn man von dem Brief absieht, den der Neunundsiebzigjährige wenige Stunden vor seinem Tod an seine Frau schreibt, sind Verse wohl das letzte, was er an seinem berühmten Schreibtisch zu Papier bringt (»Als ich zwei dicke Bände herausgab«).

Der soeben erfolgreich durchs Examen gegangene Apotheker ist gerade zwanzig, als er seine ersten Gedichte im »Berliner Figaro« gedruckt sieht. Der Liebesschmerz des jungen Poetenherzens artikuliert sich unüberhörbar im Heine-Ton, von dem es nicht weit ist zu den militanten politischen Klängen in der Herwegh- und Freiligrath-Nachfolge. Rasch findet er seine eigene Melodie und seine originären Themen, die ein weites Spektrum umschließen und ihn im literarischen Sonntagsverein »Tunnel über der Spree« als das einzige wirkliche Talent ausweisen: die Generäle Friedrichs II. (»Männer und Helden«), die englisch-romantischen Sujets (»Von der schönen Rosamunde«), aber auch die sozialkritische Lyrik der Chartisten, die er versiert nachdichtet. Und auch in persönlichen Krisensituationen gibt ihm, wie Goethe, ein Gott, zu sagen, was er leidet. In der vermaledeiten Lage des Vormärzdichters, der seine Faust nur in der Tasche zu ballen vermag und angesichts der petrefakten politischen Strukturen das Tagebuchschreiben aufgibt, macht er ein Gedicht darüber, das er freilich dem »Tunnel« nicht offerieren darf:

Tagebuch, du nahmst mich pünktlich
Wochenlang zu Protokoll,
Doch dein Inhalt, so bedünkt's mich –
Ist zum Weinen jammervoll.

Will aufs neu zur Hand dich nehmen,
Wenn sein täglich Treiben man
(Ohne dessen sich zu schämen)
Schwarz auf weiß verew'gen kann.

Die Lebensumstände – er hat den Apothekerberuf aufgegeben und sich dem Journalismus verschrieben, zudem muß die wachsende Familie ernährt werden – zwingen ihn, die lyrische Produktion zu drosseln, die ihm bisher ohnehin nur so viel eingebracht hat, daß er 1850 den Hochzeitsanzug und die Brautkutsche bezahlen kann. Er muß, zu seinem Verdruß, den Poeten »in den Koffer sperren« und teils in London, teils in Berlin banaler Brotarbeit nachgehen, aber selbst dieser Situation gewinnt er ein kleines Gedicht ab:

Poesie, das liebe Hexchen,
Lebt nicht länger mehr mit mir,
Legt nur dann und wann ein Klexchen
Still vor meine Stubentür.

Wenn ich morgens dann erwache
Und das Klexchen liegen seh,
Denk ich, das ist ihre Rache,
Weil ich jetzt mit andern geh.

Dummes Ding, sie will´s nicht fassen,
Daß ich tu nur, was ich muß;
Sollt mich lieber laufen lassen
Ohne Vorwurf und Verdruß.

In guten Stunden entstehen – bei aller Misere seiner wirtschaftlichen Existenz – auch zwischen 1850 und 1860 gleichwohl beeindruckende Strophen: das autobiographische »Der Gast« und das stimmungsvolle »Goodwin-Sand« ebenso wie das beklemmend aktuelle »Trauerspiel von Afghanistan« (1858).

Als Fontane dann in Brandenburg recherchiert und als Hobbystratege auf den europäischen Kriegsschauplätzen unterwegs ist, bleibt ebenfalls wenig Zeit fürs Verseschmieden, gleichwohl entsteht in den sechziger und siebziger Jahren poetisch Bemerkenswertes, und dann zieht er sich, wie im Mai 1868, auch mal für ein paar Tage zurück, um »in ausgeschlafenster Arbeitsstimmung« Gedichte zu schreiben – ein Zeichen, wie ernst er das Dichten nimmt.

Parallel zu den seit Ende der siebziger Jahre veröffentlichten großen Romanen steigt noch einmal die lyrische Flut. Begleitet von den großen Balladen-Würfen »Die Brück am Tay« (1880), »John Maynard« (1885) und »Herr von Ribbeck auf Ribbeck im Havelland« (1889), entstehen Gedichte mit resignativen Altersbetrachtungen, selbstironischen Statements und zivilisationskritischen Beobachtungen in üppiger Fülle. Dabei reflektiert er immer aufs neue auch über das eigene Tun, am schönsten vielleicht in der Hommage an Adolph Menzel (»Auf der Treppe von Sanssouci«). Fontane begegnet darin Friedrich dem Großen, der ihn leutselig nach seinem Metier fragt, und er stottert: »Schriftsteller, Majestät. Ich mache Verse!« Und der König lächelt: »Nun hör Er, Herr, / Ich will's Ihm glauben; keiner ist der Tor, / Sich dieses Zeichens ohne Not zu rühmen, / Dergleichen sagt nur, wer es sagen muß, / Der Spott ist sicher, zweifelhaft das andre.« Fontane läßt den Alten Fritz die Geringschätzung des Dichters durch die Gesellschaft formulieren, aber er läßt sich auch gleichsam ein königliches Zertifikat für sein selbstbewußtes Poeten-Ich ausstellen.

Die Kontinuität von Fontanes lyrischer Produktion – bei allen Unterschieden in der Intensität – bleibt erstaunlich und ist wohl damit zu erklären, daß er von einer unbändigen Lust besessen war, mit Sprache subtil umzugehen, fast artistisch mit Worten zu spielen, genußvoll Klangmöglichkeiten auszuprobieren, ganz Alltägliches in schlichtes Versmaß zu binden oder auf Ungewöhnliches einen überraschenden Reim zu finden – und zwar ohne störende Künstelei. Neben den Großformen der Prosa (Kritik oder Feuilleton, Roman oder Reisebericht) braucht er zeitlebens die überschaubare kleine Form des lyrischen Gebildes, um Lebensgefühl, politische Botschaft, Philosophisches und Kulturkritisches präzise zu formulieren, in einprägsamen Wendungen, witzigen Pointen, bedenkenswerten Sentenzen. Dabei beherrscht er nahezu alle gängigen Genres: Tenzone und Sonett, Lied und Spruchgedicht, Gelegenheitsgedichte in allen denkbaren Variationen, und besonders gern tummelt er sich im Bildhaft-Balladesken.

Die Gesamtausgabe seiner Gedichte umfaßt an die 2000 Texte, wovon, zugegeben, ein Großteil mehr oder weniger geglückte »Reimerei« ist, ohne Anspruch auf Kunstleistung. Die »leichtgereimte Zeile« floß ihm oft allzu mühelos in die Feder. Aber ein paar Hundert dieser Gebilde – und zwar nicht nur jene, die er zu Lebzeiten in den fünf Auflagen seiner immer wieder veränderten Sammlung aufnahm – gehören zum Besten, was er geschrieben, und zum Schönsten deutscher Lyrik überhaupt. Denn immer wenn ihm ein Bekenntnis oder Geständnis besonders am Herzen liegt – wie vor allem in den Altersgedichten –, dann wird das Gedicht zur höchsten Kunstübung, die alle ästhetischen Mittel ausschöpft, und er geht mit den Worten um, als seien es fragile Preziosen. Und immer besticht die völlige Unaufwendigkeit in der Formulierung und in der Wahl des Reims – ob in den satirisch-ironischen oder in den anrührenden autobiographischen Gedichten, in denen die Kunst in der scheinbaren Kunstlosigkeit besteht. All diese gestalterischen Finessen, meist in mühevoller Arbeit gefunden, kulminieren auf seinem Lieblingsgebiet: der Ballade. Da gelingen ihm wahre Kleindramen, Kurzschauspiele mit Monologen, Dialogen und vorzüglichen Pointen, die das Zeug zum geflügelten Wort haben: »Tand, Tand, / Ist das Gebilde von Menschenhand!«

Die vorliegende Auswahl von hundert Gedichten ergibt in der streng chronologischen Anordnung ein faszinierendes Bild von Fontanes lyrischer Produktion – in ihrer Vielgestaltigkeit und Stetigkeit, ihrem ästhetischen Niveau und ihrer selbstironischen Lebensweisheit –, der man sich immer wieder anvertrauen kann. Und vielleicht trägt dazu gerade die kunstvolle Schlichtheit bei, die er in dem Gedicht »Was ich wollte, was ich wurde« selbstkritisch-resigniert apostrophiert: »Aus den erträumten Orgelakkorden / Ist ein Tipptipp am Spinett geworden.«

Gotthard Erler

Biographische Notiz und Textgrundlage

Der Autor
Theodor Fontane wurde am 30. Dezember 1819 in Neuruppin geboren und starb am 20. September 1898 in Berlin. Nach einer Apotheker-Ausbildung gab er 1849 den Beruf auf, etablierte sich als Journalist und Publizist und heiratete 1850 Emilie Rouanet-Kummer. Zwischen 1862 und 1882 erschienen die »Wanderungen durch die Mark Brandenburg«. Neben seinen Kriegsbüchern, den Reisefeuilletons und Theaterkritiken und den großen Romanen schuf Fontane im Laufe von sechzig Jahren ein vielgestaltiges lyrisches Werk, das noch immer Entdeckungen bereithält.

Der Herausgeber
Gotthard Erler wurde 1933 in Meerane/Sachsen geboren. Nach dem Studium der Germanistik in Leipzig, u. a. bei Hans Mayer und Hermann August Korff, war er leitender Mitarbeiter des Aufbau-Verlages und dessen Geschäftsführer von 1990 bis 1998. Im Rahmen der Großen Brandenburger Fontane-Ausgabe edierte er die Tagebücher 1866–1898 sowie den dreibändigen Ehebriefwechsel. Zuletzt erschienen die von ihm herausgegebenen Briefe Fontanes an Mathilde von Rohr und an die Tochter Mete sowie die Biographie seiner Frau Emilie »Das Herz bleibt immer jung«.

Textgrundlage
Theodor Fontane, Gedichte. Herausgegeben von Joachim Krueger und Anita Golz. 3 Bände, 2. Auflage, Aufbau-Verlag, Berlin 1995 (Große Brandenburger Ausgabe).

Alphabetisches Verzeichnis der Gedichtüberschriften und -anfänge

Heinrich Heine
Hundert Gedichte

Herausgegeben von
Jan-Christoph Hauschild

186 Seiten. Leinen
ISBN 3-351-02946-2

Er war in allen literarischen Gattungen und Formen zu Hause, doch weltweit berühmt wurde er als Lyriker – mit Goethe der bedeutendste des 19. Jahrhunderts in Deutschland. Die Auswahl von Jan-Christoph Hauschild, dem Heine-Biographen und -Herausgeber, konzentriert sich auf erotische und politische Gedichte. Es sind poetische Erkundungen von großer Nachwirkung, die Heine als Genie der Kurzweil, geistreichen Spötter und Ahnherrn der modernen Dichtungssprache erweisen.

Dieser Band, der 100 Heine-Gedichte in erlesener Ausstattung versammelt, lädt ein zum Verschenken, Entdecken und Wiederlesen.

Aufbau-Verlag

Rainer Maria Rilke
Hundert Gedichte

Herausgegeben
von Gisela und
Ulrich Häussermann

Mit einem Nachwort
von Ulrich Häussermann

144 Seiten. Leinen
ISBN 3-351-02899-7

In feinster Ausstattung mit Leineneinband, Lesebändchen und farbigem Vorsatzpapier eignet dieser Band sich vorzüglich zum Verschenken und Wiederlesen. Im Mittelpunkt der von Gisela und Ulrich Häussermann herausgegebenen Sammlung stehen die Gedichte aus Rilkes früher und mittlerer Lebenszeit: Sie laden den Leser ein, mitzuhören auf die Stimmen und hintergründigen Töne im Herbsttag, den geschmeidigen Schritten des Panthers zu folgen, mitzugehen auf den Spuren eines Mädchens, dessen Weg ein frühes Gedicht zeichnet.

»Bilder und Beobachtungen, Farben und Klänge erfreuen jeden, der sich diesen Versen unbefangen nähert.« *ORF*

Aufbau-Verlag

Christian Morgenstern
Hundert Gedichte

Herausgegeben
von Frank Möbus

155 Seiten. Leinen
ISBN 3-351-02947-0

Morgensterns humoristische, sprachspielerische Lyrik sucht ihresgleichen, die bekannten »Galgenlieder«, erschienen 1905, erlebten noch zu seinen Lebzeiten fünfzehn Auflagen. Für diese Auswahl hat Frank Möbus neben die Gedichte um das »ästhetische Wiesel« oder den »heroischen Pudel« die unbekannteren Werke des Dichters aus der Zeit seiner Hinwendung zur Mystik gestellt. So ergeht es dem Leser bei der Lektüre vielleicht wie einst Kurt Tucholsky:

»... man lacht sich krumm, bewundert hinterher, ernster geworden, eine tiefe Lyrik, die nur im letzten Augenblick ins Spaßhafte abgedreht ist, und merkt zum Schluß, daß man einen philosophischen Satz gelernt hat«.

Aufbau-Verlag

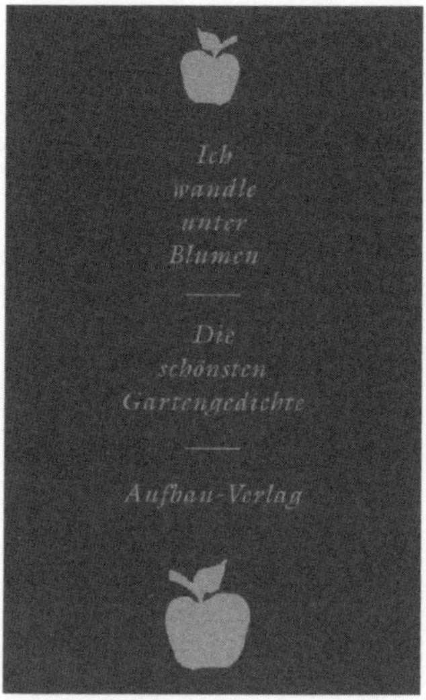

Ich wandle
unter Blumen

Die schönsten
Gartengedichte

Herausgegeben und
mit einem Nachwort
von Klaus Seehafer

176 Seiten. Engl. Broschur
ISBN 3-351-02908-X

Aus einer unübersehbaren Fülle von Gartengedichten hat Klaus Seehafer die schönsten, die eingängigsten und überraschendsten ausgewählt. Die Sammlung reicht von Walther von der Vogelweides Mahnung zum Hegen und Pflegen aller gutgewachsenen Kräuter bis zu Eva Strittmatters übermütigem Lob des Überflusses:
»Neunundsiebzig Rosensträucher
Habe ich in meinem Garten.«
Zur Zier, zum Nutzen und zu tiefer persönlicher Erfüllung sind Garten wie Gedicht angelegt.

»Welcher Reichtum an Sprache, Empfindung und verinnerlichter Individualität.«

Landsicht

Aufbau-Verlag